異境の文学

小説の舞台を歩く

金子遊

Yu Kaneko

アーツアンドクラフツ

目次

I　異境の日本語文学

II　私小説のローカリティ

装丁◉坂田政則
カバー写真◉井上喜代司
「奥天竜―愛知・花祭」
本文写真◉金子　遊

異境の文学

――小説の舞台を歩く

I

異境の日本語文学

ローヌの河岸にたたずむ者

ローヌの河岸にたたずむ者

永井荷風と遠藤周作のリヨン

荷風と周作のリヨン

一九〇七年、二十六歳になった永井荷風は、フランスのリヨン市の中心を流れるローヌ河をながめていた。荷風はエミール・ゾラとギィ・ド・モーパッサンの文学に心酔しており、当初は彼らが描いた世界を直接目で見たいという動機からフランス留学を望んだ。ところが、上級官僚であった父親は長男に実業を学ばせようと考え、荷風を日本郵船の信濃丸でアメリカにむかわせる。アメリカは荷風にとってフランスにたどり着くまでの通過地点にすぎなかったのである。

ワシントン州のタコマ市で英語を学び、ミシガン州の大学の聴講生をしているうちに最初の二年が過ぎる。「西遊日誌抄」によれば、「彼の地には今も尚仏蘭西人多く移住し日常其国語を用ゐる由聞及び是非にも行きたく思ひし」とあり、少しでもフランスに近づきたかったのか、フランス移民の多いルイジアナの大学への入学までくわだてている。アメリカ滞在中はフランス語の家庭教師をやとい、ボードレールを仏語の原書で読んでいたと書いている。

その後、フランスへの渡航費用を稼ごうとニューヨークで仕事を探しはじめ、結局、父親の口利きで横浜正金銀行の現地職員に採用され、さらに二年近くをそこで過ごした。アメリカに渡航して約四年が過ぎたとき、銀行からリヨン支店への転勤を命じられ、ようやくフランスの地を踏むことができた。その異動に父親がひと役買ったことはいうまでもない。「西遊日誌抄」には「感激極まりて殆ど言ふ処を知らず」とある。

フランスの汽船でル・アーヴルに到着し、パリを経由して三日後の七月三十日にリヨン市に着いた。日誌には「ロオン河西岸ワンドオム街の下宿屋に移る」という記述があり、翌年の一月まで中断している。こののち、三月にリヨンを去ってパリにむかうまでの八ヵ月間の事柄が『ふらんす物語』という書物の多くの部分を占めている。

リヨンの市街《まち》を流れるローン河《がわ》の水を眺めて、自分は石堤《いしつつみ》の下、河原の小砂利を蔽《おお》う青草の上に、疲れた身体《からだ》を投倒してゐる。

毎日何もしないが、非常に疲れた、身体《からだ》も心も非常に疲れた。フランスに来てから早《は》や二週間あまりになる。最う旅路の疲れという訳《わけ》であるまい……。（「ローン河のほとり」『ふらんす物語』）

フランスにきて二週間とあるから、八月のあつい盛りのことである。ニューヨークから十二日ほどでリヨンに移動したのだが、荷風は病弱の気味であったとはいえ二十代のなかばであり、旅による身体的な疲労感でもないだろう。実に四年のまわり道をして、ようやくたどり着いたフランスの地で荷風は有頂天になったが、ここでは身も心も疲弊している様子だ。どういうわけか河の流れをながめながら心身の衰弱を吐露している。わたしは「ローン河のほとり」という美文調で書かれた短い文章を読むと、不思議とこの箇所でいつも引っかかってしまう。荷風がいっている疲れとはいったい何なのか。戦後の最初の留学生としてフランスに渡った作家の遠藤周作は、四十年後に同じ土地にきて同じ景色をながめながら、次のように述懐している。

荷風がこのまちに着いたのは四十年もむかし、しかしその面影はあの『ふらんす物語』時代と寸分変わっていなかった。春白い雲を空にうかべ、バラと藤の花にねむりひそまるフルビエールの館と館、夏の午後、歩道をたたきつけて過ぎゆくこの地方特有の雷と稲妻を伴う夕立、その夕立が秋のさびしい霖雨《りんう》となりマロニエの葉を一片一片落してゆくあの長い憂鬱《ゆううつ》な冬への移り変りも、すべて詩人の追憶のままであった。しかし、街の面影はそのままでも住む人の運命は変っていた。

（『フランスの大学生』）

遠藤周作の方は荷風の衰弱に比べると、比較的活力があるように見受けられる。気になるのは周作が、詩人・荷風がつづったリヨンの街の面影は変わらなくても、自分には住人たちの運命が『ふらんす物語』の時代からは変わったように思えるといっている点である。第二次世界大戦をはさみ、リヨンの住人に起こった変化というものを周作はどのようにとらえていたのか。いいかえれば、リヨン市にきた日本人にとって、荷風の時代と周作の時代とでは何か本質的な差異が生じていたのではないか。それを周作は、ローヌ河の美しい水面を見る荷風の視線を、自分のなかに引きつけながら痛切に感じている。ここに荷風が感じていた疲労と、周作が経験したリヨンでの生活における憂鬱に通底するひとつの流れがあるように思われる。それは異境において外国語で会話をし、異人として日常生活をしなくてはならない場面では、誰もが経験するたぐいのことに起因するのだ。たとえば、それは荷風の作品のなか

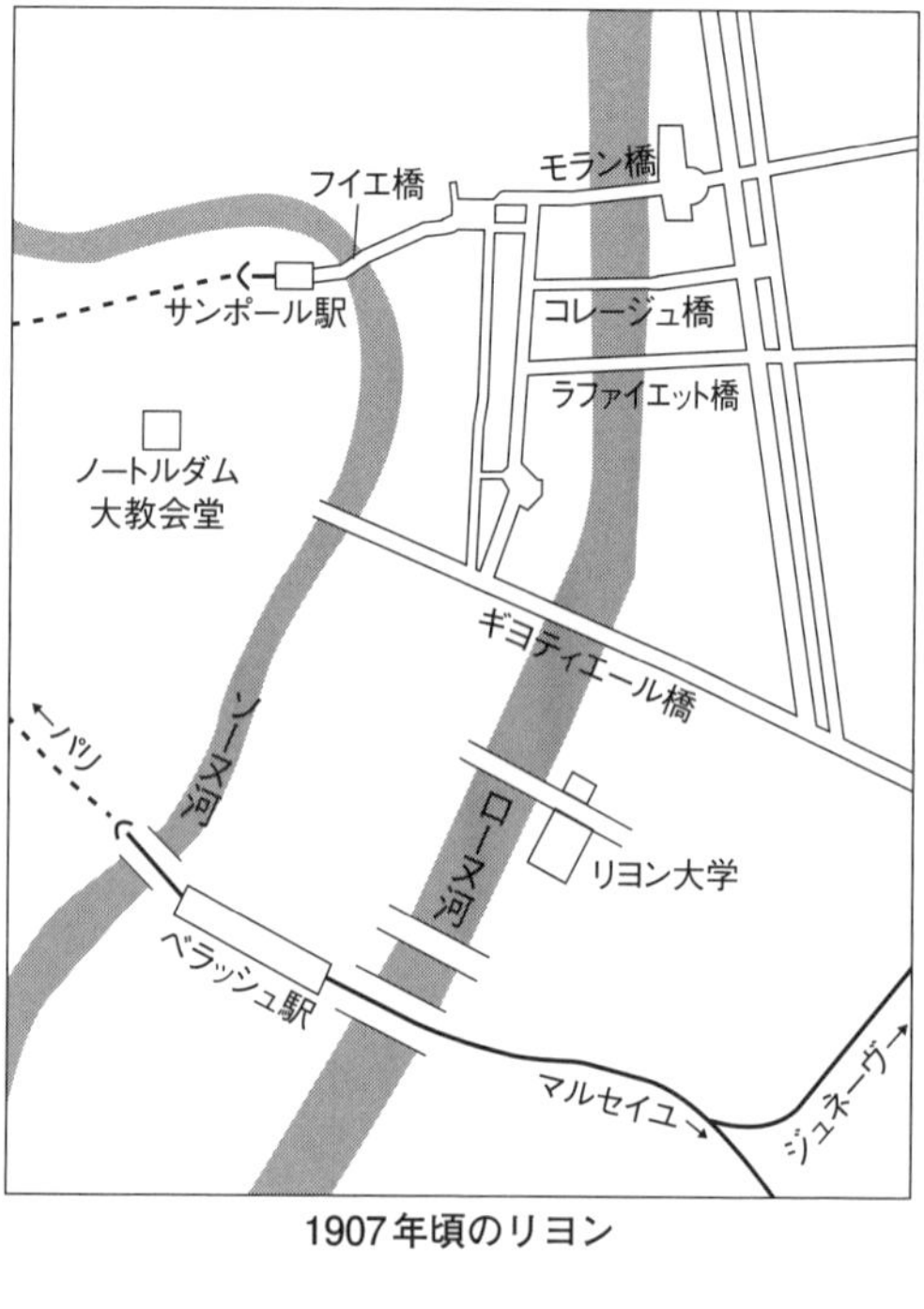

1907年頃のリヨン

では、次のように表出されている。

貞吉は仕方なしに再び地下鉄道《メトロ》へ下りたが、切符を買う時に、はたと行先の地名に窮した。モンマルトル！　声の出るままにいう。開札口から貞吉の顔を見た札売りが、外国人と気付いて、モンマルトルという停車場はない。クリッシーか、その先の停車場で下りろ。それにはエトワルで乗換えるのだ、後から人の押して来る忙《せわ》しい中にも、早口ながら親切に教えた。それが貞吉には理由なく癪《しゃく》に触った。教えられた通りの道順で、その方向に行くのが一種の屈辱であるような気がしてならん。といって、もうモンマルトルより外には差当って行先が思付けない。ますます不快に感じながらも、遂にエトワルで乗換えてしまった。（「放蕩」『ふらんす物語』）

貞吉とは永井荷風の短編小説「放蕩」にでてくる主人公の名前である。この小説は三人称一視点で書かれており、荷風はこの自分の分身的な特徴を持つ人物に、少し剽軽さと滑稽味を持たせて自分の経験をなぞらせている。

外交官の貞吉はパリに転任してきてすでに三年が経っているという設定で、日常会話が彼を悩ますことはもうない。代わりに大使館の事務が終わったあとの晩の過ごし方が貞吉をわずらわす。最初のうちはどこで晩餐をしようかと迷うこと自体が楽しかった。間もなくそれにも飽きて下宿屋の食堂で食べることになる。毎日、同じ料理や下宿人を見るのにも嫌気がさしてくる。それで再び外食に変える。ある晩、パリの地下鉄の切符売場でどこに行こうかと窮して、ついモンマルトルといったところ、切符売りは貞吉が外国人だと気づき、親切にまちがいを正して道順を教えてくれる。貞吉はどこに行くか迷っていて、いいちがえたのだが、切符売りは貞吉がパリの地理にうといからまちがえたのだと思いこむ。外国からの田舎者として扱われたことが貞吉をいら立たせる。

貞吉が停車場の売子に道順を教えられ、癪にさわるのは「外国人」として親切にされたからである。長い間フランス語や文学を勉強してきてマナーも趣味も服装もフランス人と変わらないものを身につけているのに、顔をひと目見ただけで途端に外国人として片づけられたことが癪にさわったのであろう。荷風は「理由なく」癪にさわったと書いているから、憐憫され、差別される者としての意識はうすい。「理由なく」という言葉をあえて使ったのであれば、自分が同情され、差別されるという社会的な観点を持ちこみたくない意思のあらわれともとれる。いずれにしても貞吉には、不快に感じながらも停車場で乗りかえれば忘れてしまう程度のことでしかない。荷風はこのような現実に生じる違和や齟齬を社会的に意識化するのではなく、風景を取りこんだ倦怠感や疲労感といった雰囲気に回収するのが巧みであった。

スチュアーデスは急いで英語に切りかえて

「To Invalides……」

バスに乗ってアンバリードまで行けるのだということが、やっとこの男に摑めたのがわかると、彼女の頬に憐れむような笑顔がうかび、細い綺麗な脚をのばして去っていった。

日本人は屈辱感で顔を強張らせた。スチュアーデスの今の笑い方も自尊心を針のさすように傷つけたし、それにバスに大急ぎで乗りこんだ時、この東洋人のために十分ちかくも待たされた外人乗客たちの不愉快そうな眼が、一斉に注がれたからである。

彼は日本では少なくともこんな連中に馬鹿にされぬ大学の文学部講師の筈だった。

（「爾《なんじ》も、また」『留学』）

一方で、遠藤周作も荷風と同様の経験を小説作品に持ちこんでいる。周作は一九五〇年、二十七歳のときに日本からフランスへ戦後最初の留学生として渡航した。カトリック教会をはじめとする篤志家の支援によって留学は実現され、リヨン大学で現代カトリック文学の研究をする建前であったが、『作家の日記』を読むと本人としては数年間小説家としての修業をするつもりであったらしい。

遠藤周作の『留学』という小説は三部構成になっており、その中の「ルーアンの夏」と「爾も、また」が作者の私的な体験を材にとっている。自伝的な要素が強いとはいえ、荷風の「放浪」と比べると、書き手の視線が客体的で虚構としての性格が強い。とはいえ、田中という主人公をやや卑小なところのある人物として描く点は、荷風の「放蕩」に近い特徴がある。外国における恥をともなう逸話には、一人称で書きづらいところがあり、どうしても三人称に託したくなるのかもしれない。

遠藤周作の小説における「田中」がバスのスチュアーデスにフランス語でいわれたことが聞きとれず、英語でいい直されたときに感じる屈辱感は、荷風の「放蕩」とほとんど似たような場面である。だが、貞吉のそれよりもずっと陰影が濃い印象を受ける。「日本人は屈辱感で顔を強張らせた」という一文はそれ相当に強い表現だといわねばならない。どうして顔をこわばらせるところまで行くのか。問題はバスのスチュアーデスにではなく、田中の自意識の方にある。貞吉の停車場の切符売りも、田中のバスのスチュアーデスも、困っている「外国人」にあわれみを感じ、助けの手を差しのべるという点では本質的に変わらない。また、バスガイドの親切を当てにしなくてはならない大学講師という社会的立場が問題となる図式も、貞吉の外交官という身分と同様の屈辱感であろう。であるから、田中は単に彼女のあわれむような笑顔に尊厳を傷つけられたのではなく、何か他の理由で顔をこわばらせたのである。もう少し詳しく見てみることにしよう。

まず、細いきれいな脚をのばして立ち去っていくフランス人のスチュアーデスの映像と、屈辱に顔をこわばらせる外国人ではなく「日本人」としての田中の映像が意図的に対置される。周作は主人公を名前で指示せず、彼の国籍を表す「日本人」という言葉で表現する。三人称で書かれた小説の修辞上の自在さがうまく利用されている。それから、急いでバスに乗りこんだときに待たされた外人乗客たちの不愉快そうな視線が、この「東洋人」に注がれる。フランスにあってフランス人のことを「外人」と呼ぶのは普通ではなくねじれた見方だが、それはスチュアーデスのあわれむような笑顔によって、フランスの現実から遠ざけられた「日本人」の田中の視線は必然的にそう見返さねば気がすまない。つまり、彼らを「外人」としてしりぞけ返しているのである。しかし、その外人たちは迷惑をかけた当の者が中国人なのか、東南アジアの人なのか、日本人なのかも区別がつかない。だから、田中は馬鹿な「東洋人」のひとりとしてしか見られていないとみずからを意識するのである。

小説で似たような場面をあつかっていても、荷風にはない自意識のねじれが周作の主人公には歴然としてある。これはいったい何であろう。いうまでもなく、周作は黄色人種として差別されているという意識を明確に保持している。他者との関わりあいによる屈辱感や疲労感は、荷風の場合のように風景や詩情に接続されることなく、直接的に登場人物の心情や実存へとはね返ってくる。だから顔をこわばらせるところまでいってしまうのだ。荷風が『ふらんす物語』ですっ飛ばしてしまったものや、顔をそむけて見ようとしなかったものが、周作の処女作である『フランスの大学生』と出版を意図していなかった『作家の日記』ではことごとく取りあげられる。『作家の日記』のあとがきには「もちろん発表などまったく考えずに毎日、書いたものであるから、たとえば荷風の日記のような作為、省略はない」と荷風とのちがいについてあえて言及している。四十年の月日をはさんでいるとはいえ、同じリヨン市という街で生活したふたりの文学者が、これだけちがった印象と文学的な主題を汲みあげている事実が、わたしには興味ぶかく映るのだ。

永井荷風のローヌ河

永井荷風がアメリカから移ってきて、最初にパリに滞在したのは二日間であった。その後、八ヵ月の間リヨンの銀行で働き、フランス滞在の最後にもう一度、二ヵ月間をパリで過ごしている。今橋映子の『異都憧憬 日本人のパリ』には、荷風がパリ時代において、いかにボヘミアン文学を吸収したかについての考察がある。それによれば、銀行員という職につきながら、ブルジョワ社会の一員になることを精神的に拒否してきた荷風にとり、パリでのボヘミアン的な生活は芸術家としての自分を自己演出することに他ならなかった。そうであるならば、父親の口利きでやっとフランス滞在を実現した荷風の実像と、『ふらんす物語』に描かれる破滅への欲望を抱えた仮構の人物像はわけて考えられるべきであろう。現実のフランス社会ではなく、ボードレールやモーパッサンの作品のなかにあらわれた風景を確認して歩く荷風の視線は、そこから生まれているからである。『ふらんす物語』での詩情あふれる街の景観描写を可能とするには、仮構の芸術家としての態度を持つ必要があって、パリ滞在中の荷風は何よりも旅人の眼を持つ存在であったのだ。

ああ！　パリー！　自分は如何なる感に打たれたであろうか！　有名なコンコルドの広場から、並木の大通シャンゼルゼー、凱旋門、ブーロンユの森はいうに及ばず、リボリ街の賑い、イタリヤ四辻の雑沓から、さては、セインの河岸通り、または名も知れぬ細い露地の様に至るまで、自分は、見る処、到る処に、つくづくこれまで読んだフランス写実派の小説と、パルナッス派の詩篇とが、如何に忠実に、如何に精細に、この大都の生活を写しているか、という事を感じ入るのであった。

（「船と車」『ふらんす物語』）

ニューヨークから初めてフランスにやってきて、ル・アーヴルを通過し、パリの宿に着くまでの旅程は「船と車」に詳しい。サン・ラザール駅へ着くと付近に宿をとり、宿屋のマダムと話して馬車を一日やとって市中をまわることに決める。シャンゼリゼ、凱旋門、ブローニュの森など名所をまわりながら、逐一その場所を自分が読んだ自然主義文学や詩篇と照らしあわせて喜々とする。海外渡航がめずらしかった一九〇七年という時節からも、荷風が巡りめぐってパリに到着したという経緯からも、多少のおのぼりさんぶりは仕方がないだろう。ここで指摘しておきたいのは、フランス人やその社会とある程度の距離を保った旅人としての姿勢が（二度目のパリ滞在のときには、それが仮構のボヘミアンとしての自己に変換された）、フランス滞在の初期においてだけでなく『ふらんす物語』の全篇を通じた基調となっていることだ。旅人、つまり観察者である荷風の視界から選りわけられるもの、彼が嫌悪をもよおして顔を背けたくなるようなものとは一体どんなものか。

貞吉は実際、自分ながら訳の分らぬほど、日本人を毛嫌いしている。西洋に来たのを鬼の首を取ったように得意がっている漫遊実業家、何の役にも立たぬ政府の視察員、天から虫の好かぬ陸軍の留学生。彼らは、秘密を曝かれる懼《おそ》れがないと見て、夜半酒場に出入し、醜業婦に戯れていながら、浅薄な観察で欧州社会の腐敗を罵り、その上句《あげく》には狭い道徳観から古い武士道なぞを今更の如くゆかし気にいい囃す。一方には博士だとか何とかいう文部省の留学生がいて、その中には驚くほど勤勉篤学の人がいる。が、それらの人に対しては、貞吉は、単に勤勉という点だけでも、到底自分の及ばぬ事なので、妙に羨ましくもあり、恐しくもあって、やはり逢う事をばこちらから避けようとするのであった。

（「放蕩」『ふらんす物語』）

海外生活者に日本人の嫌いな日本人はめずらしくない。しかし、荷風の場合はもう少しその嫌悪に根の深いところがある。彼が特にここで列挙しているのは実業家、政府の役人、軍の留学生、文部省の留学生など特定の職業や社会的立場を持つ人たちである。荷風のやっかみの裏には自身がアメリカ留学を私費でまかない、フランス滞在を銀行員という彼にとってはあまり喜ばしくない職業に就くことによって実現したことからくるコンプレックスがあったのかもしれない。また、そこには磯田光一が指摘しているように、父親の影が透けて見える。勤勉篤学の文部省の留学生をさけているとあるが、これは明らかに勤勉で知られた父の姿を重ねている。明治の第一世代として近代国家をつくるために有用な働きをし、国家に奉仕した父親に対立して、荷風は無用であることを意欲して、その存在感からくる圧迫に耐えるのだが、どうしても面とむかって父親のような人種に会う気にはなれないのだ。

同国人や職場での人間関係を拒否し、かといってフランス人の友人が登場するのでもないパリ滞在のなかで、荷風は延々と街路や河岸を歩き、風景を見ては情景描写をくり返しくり返し書いていく。ボードレールに学んだ荷風は、パリの遊歩者《フラヌール》の一人であったのだろうか。また、洋行時の西洋音楽や歌劇に関するエセーは評価が高いが、「西遊日誌稿」の多くの部分が音楽会や歌劇の記述にさかれていることから類推すると、反対にその日常の生活のあり様が目に浮かんでくる。現代でもフランスに留学した学生や研究者が、映画や音楽に非常に詳しくなって帰ってくることがあるが、それも似たような生活習慣からくる現象なのかもしれない。それは晩餐をどこで食すかが問題となるうみ疲れる日常であり、二週間で疲労をおぼえる種類もので、彼があこがれたボヘミアン生活とは似ても似つかぬものであった。そんな荷風の行き場のなさを出迎えてくれるのは、むろん彼が表面上は軽蔑してみせた醜業婦たちだけである。

「しようがないね、ほんとに。」といって女は貞吉の投出した足から靴を取り、抱起《だきおこ》して上衣をぬがせ、女物の寝衣を出して着せ掛けた後は、なおも、男の胴衣《チヨツキ》にボタンが一つとれかかっているのを見て、長椅子の端に腰をかけながら丁寧に縫い始める。

貞吉は、靴下ばかり肌着さえ付けぬ女の、真白な身体の半面が、折からパット燃え立つ煖炉の焔に赤く照らされるのを見ていた。女は黙って一生懸命に縫っている。突然、貞吉は可愛《かあい》らしくて堪らないような気がした。こういう種類の女にこういう特別の感情を覚えるなぞは、近来には絶えてない事だ。一週間に一度二度位は必ず女を買っているが、自分から進むのではなくて、ある時は巴里見物に来る日本人への義理、ある時は女から無理やりに引張られるのに過ぎない。巴里の情事は濃厚なだけに飽きる事もまた早い。

（「放蕩」『ふらんす物語』）

おそらく売春宿のうす闇のなかは、フランス滞在時において荷風が人間と人間との関係を肌の触れあうような距離でつくれた場所であり、ボヘミアンとしての自分を発揮できた場所である。後ほどフランス時代の遠藤周作にとっての街娼の存在についても考察してみるが、留学時の年齢でいえば、荷風の方が三つ四つ年下であったにもかかわらず、文章から類推するかぎり、その立ち居振るまいは堂々としたものである。ここには一概に荷風の見栄やモーパッサンの描写の受け売りだといい切れない部分がある。

醜業婦の女が裸のまま暖炉の前で貞吉のボタンを縫う場面で「こういう種類の女にこういう特別の感情を覚えるなぞは、近来には絶えてない事だ」とうそぶいている。これは女性蔑視というよりも、当時の封建的な体質が残る日本男性にとっては当たり前の反応であったのではないか。ましてや、それが職業的な女性であったとすればなおさらである。荷風がローヌ河の岸辺で感じる疲労は、異境の地にて人に流行病のようにおそいかかる孤独と喪失感のことであるが、醜業婦に特別の感情をおぼえたと告白する荷風は、いつになく率直な態度で自分の弱さをさらけだしている。

わたしが永井荷風の『ふらんす物語』を読んでいて不思議に思うのは、本の途中でふと気がつくと、それが本当に日本人の手によって書かれたものであるのか、元は外国語で書かれた翻訳本であるのかわからなくなるような瞬間があるからだ。荷風が夢中になったフランス文学に徹底的になりきり、一体化して見わけがつかないところまで表現を近づけていることも一因にあるが、実際、荷風には日本人や東洋人としての意識が希薄であったのではないか。この時代にフランスに留学できた人間は余程のエリートであり、また渡航する者も現代と比べればまれであったことから、荷風のように異都に到着し、そこの空気を吸うだけで満足している。何もエキゾティシズムとは西洋人だけが東洋に抱く観念ではなく、彼の地に渡った多くの日本人にとって芸術的な功名心とは別に、西洋に対するエキゾティシズムというものがあった。エキゾティシズムは他者の概念を内包しない。彼らは異都を逍遥し、河岸から景色をながめ、日本人同士で対抗意識を燃やし、西洋女を売春宿で抱くだけで事足れりとして充足する。それを支える意識として、封建的な男性優位の思想が作用していたのだ。

であるから、西洋人と東洋人という対立項よりも、むしろ男性と女性との性差、あるいは階級的な差異の方が荷風にとっては大きく、人種差別の方は比較的気にならないことになる。現地のフランス人にしたって、通りすがりの旅行者に対して差別心をあらわにする者は決して多くない。

差別や人種間のあつれきがはじまるのは、異人種がその社会の内側に入りこみ、その構成員の一部になろうとするときからである。そこで初めて他者が意識される。荷風はフランスにいながら、外国人の旅人としてフランス社会から一定の距離感を保ち、なるべく人間の関わりに巻きこまれないような観察者として立ちまわっている。フランス語を習得して帰国後の出世に役立てようとか、なるべく多くを見聞して紀行文を書こうという意欲はさらさらない。荷風がすることといえば、書物を通じて透視したパリの風景を見て悦に入るか、同じ国からきた卑近な同胞を批評するくらいのことだ。彼がエキゾティシズムの霧を突きぬけて、都市の現実において本当の意味で他人にふれることができたのは、パリ滞在時においては売春宿のなかであったし、リヨン市に滞在していたときは街の中心を流れる河をながめているときであった。

自分は、見渡すローン河の眺めを如何に愛するであろう。夜といわず、昼といわず、橋を渡る折には、必ず、立続くプラターヌの木陰、岸の石堤に身を倚せて眺めやる――しかし昼の眺めよりも、夜がよい。その景色も晴れた月夜や、星の明《あか》い夏の夕よりも、今夜のような、陰気な湿った、暗い晩、もしくは鉛色した霧の朦々と立ちこめる冬の夕暮れに如くはない。

（「除夜」『ふらんす物語』）

荷風がローヌ河やソーヌ河に寄せる心情のあり方が、ときおり女体に抱くそれのような官能性や熱を帯びることを指摘しておきたい。磯田光一は荷風がこれらふたつの河のむこうにすでに隅田の流れを見ているというが、それは果たしてどうであろう。リヨンは決して小さな田舎町ではないが、パリとちがってリヨンという街には、荷風が自己陶酔の対象とできるような文学史に登場する地名や街区、彼が心理的な警戒心をおろして居心地よく座れる場所がなかった。どうやらその代替物として、ローヌ河やフランスの山水というものに荷風の注意はむかっているのである。

僕は最初フランスに来た時分には、どんな事をしても自己を制する事が出来なかった。三日間に一ヵ月の生活費を消費してしまっていながら、まだ遊びたい、仕方がないから、母から送別に貰った真珠の指環を女にやってそれで一晩宿めてもらった事がある。

だから、僕は決心した。一切、フランスにいる間は、女には手を出さぬ。何かの機会で思われ慕われでもしたら、僕はとても再び日本にゃ帰られなくなるかも知れんからね。僕は人間から遠《とおざ》かってずッと詩人肌になり、美しいフランスの山水に酔おうという決心をした。

（「祭の夜がたり」『ふらんす物語』）

大地に寝そべった女体のようにあらわれる、リヨン市街を流れるローヌ河とソーヌ河の情景を執拗なまでに視姦すること。それを舌なめずりしながら味わいつくし、心おきなくたわむれ、自分の思うがままに描出して芸術家として陶酔すること。そうしてねばり強く自分の文章力と詩的な把握力を練磨していくことが、パリでのボヘミアン生活や旅行者気分でエキゾティシズムに身をまかせているときよりもずっと荷風の文章鍛錬に役に立ったのにちがいない。

それをヴァルター・ベンミヤンのいうところの遊歩者の追憶や陶酔になぞらえるのは、少しばかり早計である。リヨンを流れるふたつの河はパリの街路ではないのだから。パリの場末の売春窟でおこなわれるべき試行錯誤を、真昼のローヌ河の岸辺で何のてらいもなくやってのけているところに、やはり荷風という作家の独自性がある。たとえば試みに「西遊日誌抄」から、一九〇八（明治四一）年のローヌ河について書かれたものを日付順に抜きだしてみると次のようになる。

正月十八日　毎日の濃霧天地は永遠の黄昏なり。然れどもロオン河上の暗澹たる景色かへつて歩を停めて打ち眺むるに好し。

二月十二日　朝霧立迷ふロオン河の景色を見んとて河岸通を歩みつゝ遠く郊外に到る。

三月九日　春暖人に佳なり。公園の林間ローンの河畔には人多く散歩せり。薄き霧に　はれし河の景色は病める美女の微笑めるに似たり。仏蘭西の風景は雨霧冬枯れ如何なる暗き天気にも悲哀の中に一種の艶美を蔵す。

三月十二日　冬の頃ローンの急流になし泛《うか》びゐたる河千鳥はいつとも知らざる間に一羽も影を止めずなりぬ。北へ行きしか南へ行きしか。余は果していづこに行くべきぞ。

三月二十七日　（……）深夜帰る道すがらラファエット橋を渡るに如何なる故か今宵のみは

ローンの急流狂奔の響を立てず。岸辺の舟を打つ小波の音言ふばかりなく物優しく聞えぬ。夜は晴れて星出で風暖かし。余はローンの流を見るも今宵限りぞと思へばおのづから歩みも遅く欄干に凭れて涙を流しぬ。

（「西遊日誌抄」『摘録　断腸亭日乗（上）』）

ローヌ河に濃霧が立ちこめる黄昏は、詩人の歩を止めるのに足る美しさであり、郊外に出かける朝も彼は霧が立ちまよう河をながめようと河岸を行き、晴れた日のうすい霧がかかったローヌの景色は、病める美女の微笑に似ていると彼はうたいあげる。河の急流に浮かぶ河千鳥をながめながら詩人はおのれの行く末を案じ、ふだんより音がやさしく聞こえる晩に彼はローヌ河に別れを告げるのだが、別離のつらさに欄干にもたれて、つい涙を流してしまう。荷風にとってローヌ河が身近に流れてあるということは、外国生活での孤独感をいやすための場所であったとか、さまざまに表情を変える河の情景が彼の詩心の源泉になっていたとか、その程度の言葉では片づけられない何かであった。むしろローヌ河の流れの前では、荷風のあらゆる言語表現は無効になり、その上で荷風の存在を丸ごと包みこんでしまう肉感的な質の凝集として立ち現れていた。

遠藤周作とヨーロッパの大河

遠藤周作の処女作が評論集であったことは、この作家のデビュー以前の足どりとその後の経歴を考えるとうなずける。作家自身は無意識であったかもしれないが、最初の単行本『フランスの大学生』の題のつけ方は実に巧妙であった。「フランスの大学生」とは、慣用的ないい方では「フランスにいるフランス人の大学生」という意味に他ならないが、ここでは「フランスにいる日本人の大学生」という意味で使われている。「日本人」という条件は、かっこに閉じられた了解事項として潜在的に存在する。周作は普通の視点であればフランス人の大学生のことをあらわし、それと断れば、日本人の大学生を意味して別の指示対象を持ちうるフレーズを題として選んだ。「フランスの大学生」という題は、彼我の視点の置き方によって変わる二重化されたものが、そこに内在することをほのめかしている。

永井荷風の『ふらんす物語』の「ふらんす」はどうして平仮名で表記されたのか。荷風の場合、ニューヨークにいようとパリにいようとリヨンにいようと、彼自身は旅人の観察者に他ならず、もっとも近い他者との接点もあまり多くなかった。荷風は外国に生活していても、日本人としての同一性をおびやかされないのだ。荷風をおとしめるつもりはないが、彼が周囲にある現実を基本的にエキゾティシズムとロマンティックな色眼鏡を通して見ていたことは、否みがたい事実に思える。そうだとすればアメリカ滞在を経て、やっとの思いでたどり着いたフランス生活は、むしろ「ふらんす生活」と呼ぶべきものであった。

永井荷風に根本的に欠如していて、遠藤周作に欠くことのできなかったのは作家としての批評意識である。ボードレールが描いたパリの情景にあこがれた荷風が、結局、銀行で働くためにリヨンに漂着したのは二十六歳のときだが、周作は二十七歳で公的援助を得てリヨン大学でカトリック文学の研究をするために渡航している。そのときすでに、小説家をこころざす意志が周作の心の秘する部分にはあったのだが、表むきには大学に残り研究を続けるための経験を積むことを目的としていた。処女作の『フランスの大学生』に較べて、三部作の『留学』という小説は、後年になって周作が自分の留学時代のできごとを参照しながら三人称の虚構の小説として書いているので、両者を比較することはとても興味深い。『留学』は作家としても人間としてもかなりの部分が完成された後に、過去のことを振り返って書いているので、その表現には手練れたものがあるし、物事の見方にも問題意識にもゆるぎがない。それが文学として刺激的であるか否かは別として、『留学』は周作の批評の力点がどこに置かれているかが明確にわかる資料である。

「日本人は床の上に寝ると聞いたが本当かね」肥ってあご髭をはやしたペロオさんは哲学者のベルグソンに似た柔和な顔をしているが、日本のことはほとんど知らない。工藤は懸命になって、床の上ではなく畳の上に寝るのだと説明したが、その畳をどう説明してよいのかわからない。

「一種の藁みたいなものが、家の中に敷きつめてあるんですが……」

「すると藁の上に寝るのか」

「農家の納屋みたいなのよ」アンヌさんは声をあげて断定する。

「仏蘭西でもね、農家の納屋には干草を敷いていますよ。あれみたいなものねそうでしょう、ポール」

工藤がなにかを言おうとした時、もう話は別のところに移っていた。彼の不器用な説明のためペロオ家では日本人はほとんどわけのわからぬ奇態な生活をする国民になっていく。

（「ルーアンの夏」『留学』）


遠藤周作は一九五〇年の夏にフランスに到着し、リヨン大学の講義がはじまるまでの夏休みの約一ヵ月間、ルーアンという小さな街に住む一家に客人として預けられる。「ルーアンの夏」に登場するペロオ家の人は熱心なカトリック教徒で、教会の希望で「工藤」を受け入れる。夫婦にはポールという死んだ息子がおり、司祭だった彼が日本での布教を志していたという理由がそこにはあった。工藤はペロオ家に滞在中は家賃も食費も払う必要がなく、そこに息苦しくなって散歩にでかければ街の人が煙草まで無料でくれる。工藤のするべきことは一日も早くフランス語に慣れることと、ペロオ夫婦を食事の席で喜ばせることとくらいである。工藤の霊名と息子の名前が同じだと知った夫人は、工藤をポールと呼びはじめ、彼の方はポールと呼ばれるたびに背中にたまらない恥ずかしさを感じる。のちほど、この恥の感覚が、周作のフランス時代を解く鍵となってくるであろう。

「ルーアンの夏」には、渡航者が海外生活のなかで他者と邂逅するときの初期段階の様子がときにはおかしみをもって、ときには辛辣な批評をまじえて書きこまれている。工藤のつたないフランス語の会話力のために、ペロオ夫婦が奇態な日本像をふくらませていく姿は笑いを誘う。しかし笑えないことに、そうした日本に対する無知や無理解が、現代の欧米社会において悪い冗談でないことは外国渡航の経験者であれば知っているだろう。日本文化を伝えようとしても伝わらない、いくら話しても彼らは自分の聞きたいことしか聞いてくれない、というジレンマは必ず突き当たる問題である。

工藤は生活の援助を受ける代わりに、ポールという霊名で呼ばれることに甘んじたり、長崎に来たフランスの司祭が滅亡したと思っていた日本の切支丹たちと出会う有名な逸話を話したりする。しかし、夫婦がその話に感動すればするほど彼自身は白々しい気持ちになる。夫婦の善良な魂からくる寛容性というものが、一方では他者の認識に関しては鈍感で、時には偏狭で偏見的ですらある精神と一体であることが見抜かれるからだ。遠藤周作はこの夫婦に実在の人物たちというよりも、西洋人のある典型を彫りだそうとしている。それは二十代後半の周作がすでに批評意識をもってフランス人のことをとらえ、ルポルタージュとして日本の出版社に書き送っていたことからもうかがえる。

「日本は一夫多妻ではないのですか」（この質問をぼくは、大学出の若い夫婦家庭から二度うけました）「日本の女の人はわざと足を発達させないようにしているのだそうですね」（中国婦人の纏足との混同）「日本にも石の建物があるか」（日本の家は、紙と木とで出来ているという抜けがたい観念から来ています）等々。

ご存知のようにリヨンは、絹織物の関係から、戦前パリについで日本人の多かったフランス大都市です。しかもなお、そのような質問を一度ならず、たびたび、インテリ階級までからうけるごとに、ぼくは実にかなしい気分になってきました。

（「四つのルポルタージュ」『フランスの大学生』）

モーリヤックやベルナノスといったフランスのカトリック系の作家を研究するために留学した学生にとって、一般人のみならずインテリと呼ばれる階層の人間にまで、日本に対する無知が蔓延していることは悲しい気分になるというだけでは済まなかった。オリエンタリズムとは西洋人が東洋に対して抱く幻影のことをいうのだが、これら日本に対する無知の源泉はエキゾティシズムでもオリエンタリズムでもなく、明らかに日本やその文化に対する無関心からきている。彼らの歴史や文化は、日本という存在がなくても充足したものとしてそこにある。自分がほれてしまった当の相手は、自分が思っているほどにはこちらのことを知らない。それでは永井荷風のようにほれた相手をながめて、賛美して、賞揚して、うたい上げ、それで満足して帰国すればいいのか。遠藤周作の批評精神はそれを潔しとはしなかった。

普通、わたしたちはどのような反応をするのだろう。ペロオ夫婦が抱くわらの上に寝る日本人像や、大学出の若夫婦が思いこむ一夫多妻制が続く封建社会像を払拭するために躍起になるか。

物事を知らない西洋人を自分たちより勉強不足で愚かだと思うこともある。今までかえりみなかった日本文化の美点をむりに探しだし、彼らに対して振りかざすこともあるだろう。西洋人のなかに同化して日本人を意識する必要のなくなる場合もあるし、反対に、どうしても融和することができずに外国の地で鬱におちいることもある。それでも、身すぎ世すぎの振るまいであれば、異境の地であっても、人は必ず自分に合った被服をそれぞれ見つけるし、会話も人間関係もいずれは慣れる日がくる。それでは、言葉をあつかう者はどうであろう。日本語で文章を書く作家や文学者は、フランス人からかえりみられない自分の言語と文化と文学をどのように考えればいいのか。彼らの無知にさらされても、自分らはあくまでも吸収する側として、ひたすら白痴のごとく片恋を続けるしか道はないのか。

でも君たちフランスの青年のように、一世代一世代が思想のバトンを引き渡していく国ではなくて、あらゆる東西思想が混乱したまま移植されまた急速に引きぬかれていく日本で育ったぼくは、フランスに来て何よりもせねばならなかったことは、そうした混合した思想の整理ということでした。しかし、それは直ぐ決算されるというわけにはいきませぬ。君たちが〈屍体《カダーブル》〉とよぶ（君たちはプルースト、ジイド、モウリャック……等をよくそう嘲笑していました）作家を、今、彼らの母国の土壌の上でながめた時、日本では気のつかなかったたくさんのことがわかってきましたし抵抗もありました。それを根本的に学び直すことは大きな仕事なのです。

そしてまた、日本人として汎神的土壌に生きてきたぼくには、やはり人間を内部からみつめることに、宿命的な憬《あこが》れがあるのです。

（「牧歌」『フランスの大学生』）

いうまでもなく、遠藤周作が渡った頃のフランスは実存主義が隆盛を誇っており、サルトルやカミュでなければ文学ではない、と広言してはばからないような学生たちが数多くいた。そこへ日本と呼ばれるアジアの隅の列島から留学生がやってきて、つたないフランス語でモーリヤックやベルナノスを研究しにきたといったとき、どんなことをフランスの学生たちは彼に言ったのか。フランスの青年であれば自国の思潮だけを時間軸に沿って追っていればよく、流行の変わり目には、前の世代を否定して自分らの世代の思想を賞揚すれば事が足りる。だが、日本という土地に生れてしまった者は、移植された東西思想が同一の空間に共時的に存在しているという矛盾を生きながら、それを整理してひとつの立場を選びとるという作業をしなくてはなるまい。

そのためには何をするべきなのか。彼らフランス人がいかに日本の文化や習慣に無知であろうとも、人間を内面的に凝視する力が日本にはまだ足りないところだと謙虚に受け止めて、何をいわれてもその辺りを留学中に学びとりたいのだ、と遠藤周作はいっている。感情の屈託が何重にも折り重なった末に、周作がたどり着いた決意めいたものがここにうかがえる。『フランスの大学生』と同様、小説家になる以前の周作が記した『作家の日記』に、留学して間もない頃に書かれた「樹々」という一遍の詩というか、告白の断片がある。

おまえは他者である……もし
私の呼息《いき》が、お前の葉々のあいだに
雨のようにゆきわたらないならば
お前は私に対立し、むしろ私をくるしめ
私に日本の樹々を懐かしませる程に
お前は私の世界にはいってこない

しかし、お前を私に近づけるものは何か
私はお前の裡《うち》で死のうとは思わない
お前たちは余りにととのいすぎている
お前たちは余りに清潔なのだ
やわらかみも翳もないのだ

（『作家の日記』）

他者の発見が、遠藤周作の文学にとって出発点になったことは論をまたない。だが、それ以上に痛切に感じられるのは、周作が求める「お前」の核心にあたるものが、「私の世界」に入ってこないという一節である。私の呼息が、お前の葉々の間に行きわたらないのはお前たちが無関心な限りは仕方がないにしても、フランスのカトリック文学を研究にきた学究の徒にとって、お前たちがあまりに整いすぎ、清潔すぎ、とりつく島もないものとして見えるというのは致命的である。少なくともモーリヤックやベルナノス、それにマルキ・ド・サドの文学を研究する者であるならば、自分が日本人であることや、あまりにヨーロッパ的なカトリックの信仰が自分の腹の底まで染みわたらないことは、いったんかっこに入れておくべき事柄である。

しかし、遠藤周作は自己の批評意識によって捕捉したものを手放そうとしない。それを放棄しなくては学究の徒としての道が開かれようもないのに、反対にそれを追求することの方を選んでしまう。その問題とは、日本人に本当には理解することができないヨーロッパ精神としてのキリスト教が現に存在する、ということである。周作はその問題を宙づりにしたまま日本の大学にもどり、研究者としての地位を手に入れ、いつかは大学教授になる人間としての地歩を固めることができなかった。生来に恥を知る者として、おのれの文学や倫理に対して誠実であるしかないことを知るのだ。このとき、周作は小説を書いていなかったが、本質的にはフランス文学の研究者から作家へと脱皮していた。なぜなら、ここにはじめて小説家としての遠藤周作が終生の課題とすることになる、日本人にとってキリスト教徒であることは可能か否かという問いが発動するからである。

ぼくが今夜これをしたためた動機を、白人流のお考えから、ぼくが罪の悔いの意識にかられ、一種の虚無感にうちまけ、そして人間のかなしさに祈らざるをえなくなったなどとおとりにならないで下さい。黄色人のぼくには、繰り返していいますがあなたたちのような罪の意識や虚無などのような深刻なもの、大袈裟なものは全くないのです。あるのは、疲れだけ、ふかい疲れだけ。ぼくの黄ばんだ肌の色のように濁り、湿り、おもく沈んだ疲労だけなのです。

（「黄色い人」『白い人・黄色い人』）

フランスに到着して二週間あまり経った永井荷風が、リヨンの市街を流れるローヌ河の流れをながめながら感じた疲れは、遠藤周作が解明している憂鬱や疲労感と同じ種類のものである。四十年後に同じ場所で河と空を見た周作には、荷風の心情が手にとるようにわかっていたのにちがいない。荷風も周作もフランス文学に憧憬して渡航したのだが、その地で実際に直面したのは、他者としてのフランス人が持つ文学的主題を自分のなかに見だすことができないというジレンマであった。荷風はそのことをおくびにも出さず、反対に河の流れを叙情的にうたいあげることで観察者としての体面を保った。だが一方で、醜業婦のいるうす暗い部屋に慰めを見いだささるをえなかった。磯田光一がリヨン時代の荷風を評して、ローヌ河とソーヌ河の流れに隅田川を見ているというとき、このような諦念を経た上であえて江戸を幻視することの不可能性にむかったというのであれば、その批評には一定の正当性があるといわねばならない。

遠藤周作はフランス到着の約三ヵ月後の十月に、食事をした後、オテル通りをひとりで散歩していて、若い娘に「今晩は」と声をかけられる。何げなく返事をしてから、きちんとした女だと思っていたのが娼婦だったことに後で気がつく。荷風のように街角に立つ女を買うことをしない周作には、ヨーロッパのあまりに整いすぎて、清潔で、柔らかみも翳もない世界から逃避する手立てがない。それに対置される自分の「黄ばんだ肌の色のように濁り、湿り、おもく沈んだ疲労」がはね返ってくるのに対し、やり過ごすこともできず、軌道を逸らすこともあたわず、正面から受け止めてもがく他に手はない。街娼という仮そめの姿で目の前に現れた西洋を犯し、陵辱し、汚して、一時的に自分のなかに巣食う劣等感を放出するすべがない。日本語で書く者として生れたことのさびしさ、それゆえに渦中から遠ざけられていることのむなしさを、まざまざとありのままに意識せざるをえない。

「いや、もう来ない。もう沢山だ。田中さん。こんなつまらん小さな美術館一つに入っても、ぼくら留学生はすぐに長い世紀に渡るヨーロッパの大河の中に立たされてしまうんだ。ぼくは多くの日本人留学生のように、河の一部分だけをコソ泥のように盗んでそれを自分の才能で模倣する建築家になりたくなかっただけなんです。河そのものの本質と日本人の自分とを対決させなければ、この国に来た意味がなくなってしまうと思ったんだ。田中さん。あんたはどうします。河を無視して帰国しますか」

（「爾も、また」『留学』）

「繭も、また」の主人公の田中は、肺病のせいで留学を中途であきらめて帰国することになった向坂に、また元気になればフランスにもどってこれますよ、と気休めの言葉をかける。それに答えて向坂は「もう来ない」ときっぱりといい放ち、反対に右のような問いかけを田中に残して去る。文学でも音楽でも美術でもかまわないが、日本からの留学生はフランスにきて何十年にひとりという天才がつくった一流の詩、小説、音楽、絵画、彫刻、建築に直接ふれることができる。留学生はそれに触発されて自分も創造したいと願い、あるいは刺激されて研究したいと希い、より一層の情熱と努力を傾注するのだが、いつかは、どうあがいても世界の一流にはなれない二流の人間を自分のなかに認めざるをえない。その人間に才能があればあるほど確かな鑑識眼がついてくるから、一流品と自分との差異を、自分の限界と程度を残酷なまでに見せつけられることになる。

フランスのリヨン市街を流れるローヌ河とソーヌ河。その岸辺でたたずむふたりの文学者は、長い世紀に渡って蓄積されたヨーロッパの大河とのせばめようのない距離感を視ていたのだろう。その姿勢は「たたずむ」というよりは、途方にくれて「しゃがみこむ」、あるいはその場に「うずくまる」といった方が近いものであった。この河の一部分だけを剽窃して、引きはがし、加工し、自分の都合のいいように模倣するという方法はいくらでもあった。あるいは、この河そのものの本質を無視して帰国し、ヨーロッパ文化の紹介者としてうまく振るまうことだってできた。しかし、ふたりの年若い文学者はその後、それぞれにとってもっとも困難な道筋を進むことになる。

ひとりはボードレールに焦がれた時期を越えて、自分のなかのパリの情景を、失われた江戸の幻視の風景の上に定着するという不可能な試みをすることになる。もうひとりも道なき道を切りひらいていく。彼は日本という固有の土壌の上で、まったく別の歴史と伝統の産物であるキリスト教を可能とするにはどうしたらいいか、という十字架を背負うことになる。自己にとって絶対の基準となる倫理がなければ作家とはいえない。文体上の倫理だけでなく、それ以上に重要であるのは、眼前に立ち現れた河の前で立ちどまる勇気があるかどうか、ということの方ではないか。

憂鬱なミクロネシア

中島敦のパラオ

カヤンゲル島の伝統

ユーラシア大陸の極東の島々では小雪がちらつく時節だったのだが、対照的に、二月下旬の太平洋上のパラオの朝は常夏の蒸し暑さで目がさめた。宿をでてコロールの目ぬき通りをリュックを背に歩いていく。海からの湿気と熱帯の暑気のなか、しだいに背中が汗でしめってくる。やがてパラオ最高裁判所の前を通りすぎた。一九一五年から四十年間つづいた日本の委任統治時代には、南洋庁のパラオ支庁の庁舎だった建物だ。道の反対側にあるパラオ高校のバスケットコートでは、すずしい朝の時間に運動をするものなのか、すでに肌の浅黒い男の子たちがボールを追って跳ねまわっている。この高校の門柱は、戦前に碁会所などの娯楽施設があった昌南倶楽部のものをそのまま使っている。だがしかし、それら史跡や石碑をのぞけば、コロールの町を歩いていて七十年前の時代の光景をしのばせるものは何もない。戦前の痕跡は、遠い昔にすでに暑気のなかで蒸発しまったかのように思えた。

船着き場へつくと、カヤンゲル島へいくスピードボートが碇泊していた。数メートルのプラスチック性の船体を見て、本当にこれで九十キロも北にはなれた離島まで外洋をいけるのかと不安になった。次々と車が到着しては、パラオ人たちが鞄や段ボール箱を黒いビニール袋に包んで載せていく。サングラスをかけた中年の船長が「君のリュックも包んだほうがいい」と袋をさしだした。出発時間になると、ボート上で話に花を咲かせていた女たちは降りてしまった。地元の人はカヤンゲル島へ荷物を送るだけで、島へ渡るのはわたしひとりのようだった。パラオ本島（バベルダオブ島）の北端にあるガラロン州の港に立ちよったあと、海は何メートルも下の海底のサンゴ礁まで見とおせる透明度になった。しかし、ボートは波頭から波頭へと飛び移り、波を越えるたびに大きくゆれた。カヤンゲル環礁へ近づくと海底がサンゴ砂ばかりになって、ブルーから緑に近いエメラルドグリーンの美しい海になった。しばらくして、彫刻家で民族学者の土方久功《ひじかたひさかつ》が愛し、小説家の中島敦もおとずれたことのあるカヤンゲル島についた。

家に泊めてくれる初老のパラオ人女性のヘンス・タカオHence Takawoさんと小さな孫娘が、桟橋までむかえにきていた。家までの道々、屋根を吹きとばされたア・バイや斜めにたおれた椰子の木をさしながら、一年数ヵ月前に島をおそった台風ヨランダが、どれほどのすさまじさだったかを教えてくれた。その台風によって大波が発生し、となりのフィリピンではおよそ六千人が

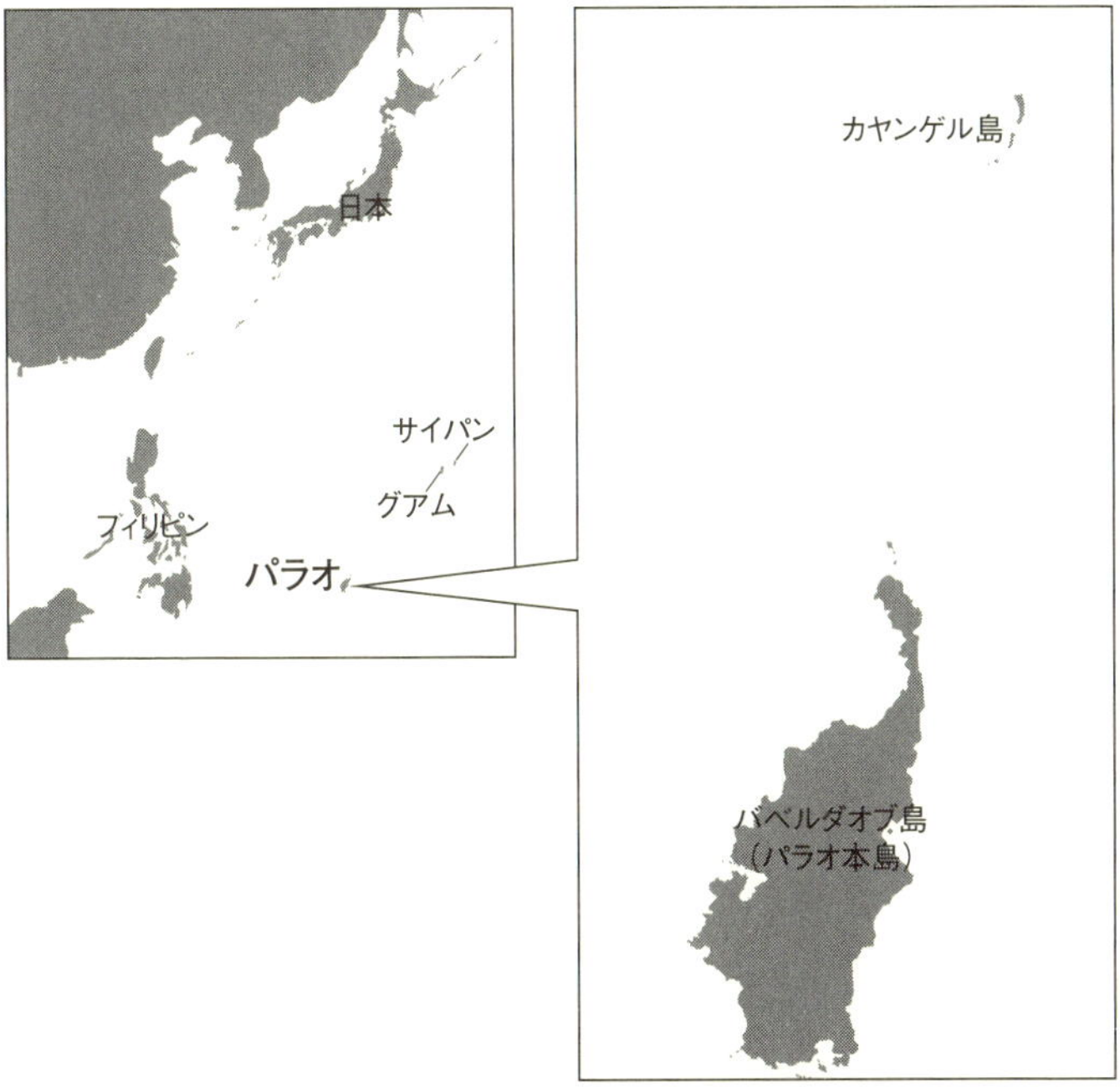

台風の爪痕が残るカヤンゲル島

亡くなったといわれている。海抜数メートルの山すらない、この平たいサンゴ礁の島でどうやって住民は助かったのか。

「大型の台風がくるとわかったから、島民はみんな本島へ避難したのよ。だから死者はでなかった。だけど、島にもどってみたらこのありさまでね」

「家はコンクリート製で頑丈そうですね」

「家が無事だったのはいいんだけど、台風がこわくなかったのか、みんな島にもどってこようとしないのよ」

もとは百人以上いた人口が、台風のあとでは五十人以下になってしまった、とタオカさんは台所に飼っているコウモリの赤ん坊を手でいじりながら話した。荷物をおいて島の散策にでた。長さが二・五キロ、幅は最大で七百メートルなので、ゆっくり歩いても三十分でひとまわりしてしまう。島を歩いていると、椰子蟹や大トカゲなどの生き物に出くわした。夕方、島の南端へロングビーチを見にいった。干潮になると、それまで海だったところが水が引いて白砂のせせらぎのようになり、やがて海水がすべて干あがった。環礁にあるとなりの無人島とのあいだに、うっすらと砂の道が浮かびあがり、歩いて海を渡ることができるようになった。タカオさんからきいた津波のおそろしい破壊力の話と、目前でくり広げられている秘蹟のような光景とが、同じ自然のなせるわざとしてうまく結びつかなかった。

タカオさんの家へもどる帰り道、砂浜で豚に水浴びをさせている大柄なおじさんに出会った。

地元の漁師さんだった。おおきな豚が目をほそめて、みじかい尻尾を振って海につかっている。ときどき、海で泳ぐこともあるという。引き潮のすばらしい光景を見たことを話すと、「それならオルワンガルにもいってみたらどうだい？」といった。わたしは耳をうたがった。オルワンガルとはパラオのさまざまな口承文学や民話に登場する、津波で海に沈んでしまった島のことだ。中島敦も『南島譚』という作品集のなかの「幸福」という短編小説でそのことを書いている。

「オルワンガルの島は、いまも存在しているんですか？」

「ああ、ボートでいけば三十分くらいだよ。干潮になると海から浮かびあがってくる砂だけでできた島なんだ。あのまわりはいい漁場になっていてね……」

あまりの衝撃をうけたために、漁師のおじさんが話す言葉が頭に入ってこなかった。そしてようやく、台風ヨランダが残した傷痕と、たったいま目撃した干潮によるロングビーチとが、ともにこのラグーンにおける特有の風土なのだと結びついた。それら二者が海に沈んでなくなったオルワンガル島の伝説の上でぴたりと重なったのである。

中島敦のパラオ行き

小説家の中島敦は、一九四一年七月から翌年三月までの八ヵ月間を南洋群島ですごした。基本的にはパラオに滞在したのだが、九月中旬から十二月中旬の三ヵ月間は公学校の視察旅行ということで、トラック諸島、ポンペイ島、ヤルート島、ヤップ島、サイパン島などミクロネシアの島々を巡遊している。それが旅の目的のひとつでもあった。中島が残した「日記」には、旅をしながら松岡静雄の著書『ミクロネシア民族誌』を読んでいる記述がでてくる。また滞在の最後の時期には、土方久功とともに十日間をかけてパラオの群島をつぶさに歩いており、可能なかぎり旅をして見聞を広げることが南洋滞在の目的だったことがわかる。どうして中島は三十二歳のときにパラオへ渡って、南洋の島々をこれだけ精力的にまわらなくてはならなかったのか。

中島敦は二十四歳のときに東京帝国大学の国文科を卒業し、その後は横浜高等女学校で八年間教鞭をとった。そのかたわらで自分の小説を書く生活だった。「中央公論」誌で選外佳作をとってはいたものの、いわゆる文壇デビューは果たせずにいた。女学校では国語と英語を教えるボサボサの髪をしたやさしい先生で生徒たちには人気があった。重たい喘息という持病を抱えていたので、かねてより気候のよいところで転地療養をしたいと願っていた。長男であったために義母の借金返済を負わされていたという経済的な理由もあったようだ。中島は最初から南洋行を考えていたのではなく、外地手当によって収入をよくするために満州行きも検討していた。

一九四一年五月、文部省で国語教育の仕事をしていた東大時代の友人の釘本久春から、南洋庁の国語編修書記という仕事を紹介された。大日本帝国が委任統治していた南洋群島（現在のミクロネシアとほぼ一致する）において、住民であるチャモロ人やカナカ人の子どもたちが公学校で日本語教育を受けるときに使う教科書をつくる仕事だった。翌月には女学校を退職し、七月にパラオへ渡っているのだから慌ただしい。子煩悩だったことで知られる中島敦だが、妻たかと八歳の長男の桓《たけし》、一歳の次男の格《のぼる》を内地において、さびしさをおしての単身赴任だった。評伝『狼疾正伝』を書いた川村湊は、喘息の転地療養ばかりが南洋行の目的ではなく、女学校の教師という地位に甘んじるよりも、小説家としての創作の行きづまりを打破して立身へと運命をかえるために思い切った決断だったのではないかと推測している。

そこにもうひとつ加えられるのは、中島敦のなかにあった「南」に対する憧憬である。一九三六年三月、中島は二十七歳のときに六日間の旅程で小笠原に旅をして「小笠原紀行」という百首の短歌を残している。そのなかで中島は、タコノキなどの南方の植生やめずらしい果物に興趣をそそられている。南への志向は、その頃に書かれた散文作品にも如実にでている。同じ年の冬に脱稿した小説「カメレオン日記」では、生徒が学校にもってきたカメレオンの存在によって、教師である「私」のなかに眠っていたエキゾティシズムが一挙によみがえる場面がある。「曾《かつ》て小笠原に遊んだ時の海の色。熱帯樹の厚い葉の艶。油ぎった眩しい空。原色的な鮮麗な色彩と、燃上がる光と熱。珍奇な異国的なものへの若々しい感興が急に潑剌と動き出した」(『中島敦全集2』)。中島の南へ対するあこがれは、そのように日常の仕事場である学校にまで入りこんでくる強烈なものとして記憶されていた。

同じ年の秋に脱稿した「狼疾記」という短編小説は、ミクロネシアの人びとの姿や風俗を撮った記録映像の描写からはじまる。「スクリインの上では南洋土人の生活の実写がうつされていた。(……)それが消えて、祭か何かの賑やかな場面に代る。どんどんどんどんと太鼓の音が遠くなり近くなりして聞える。対《むか》い合った男女の列が一斉に尻を振りながら、それに合わせて動き出す。砂地に照りつける熱帯の陽の強さは、画面の光の白さで、それとはっきり想像される」（「狼疾記」『中島敦全集2』）。映画のタイトルは不明だが、これは委任統治領である南洋の重要性を国民に知らせるために、大日本帝国の政府や海軍省がつくった国策映画のなかの一本だと考えられる。中島敦は実際に南洋への旅にでる前に、そこで暮らす住民たちや風俗といったものを映像でも把握しようとしていた。熱帯の陽光のつよさをフィルムから想像しているところに、南洋行きをかなり具体的にイメージしていることがうかがえる。

そして何よりも、実際にパラオへ渡る前に、晩年をサモア島で生活したスコットランド人の小説家R・L・スティーヴンソンの生活誌のスタイルをとった『ツシタラの死』（のちに改題して『光と風と夢』）という長編小説を書いていることを思いだしたい。岡谷公二は著書『南海漂蕩』のなかで、中島敦の蔵書や大学図書館で借りだした書物の傾向にはスティーヴンソンのみならず、南方へ移動したヨーロッパ人たちの系譜があることを指摘した。それは『地獄の季節』『イリュミナシオン』の詩人アルチュール・ランボーであり、『ノアノア』を書いた画家のポール・ゴーギャンであり、『ロティの結婚』のピエール・ロティであり、メキシコへむかったD・H・ロレンスなどである。ヨーロッパ人が自分たちの文明に疑いをもち、それを否定しようとするとき、それとは対照的な「南方」としてのアフリカ、アラブ、オセアニア、アジアが不可思議な魅力をはなつ幻影として浮かびあがってくるのだ。

西欧が「腐敗しきって」（ゴーギャン）いて、「氷の牢獄」（ロティ）であり、そこにはもはや「腐った理性しか残っていない」（アルトー）とするなら、南は、人々が「腐った理性」から解き放たれ、自然と交感し、「生きることが歌うことであり、愛することである」（ゴーギャン）、太陽の輝く場所なのだ。西欧の人々の南方憧憬は、もちろんエクゾティシズムの一種だけれども、それが東――具体的には、中国と日本――に向かうエクゾティシズムと違う点は、西欧文明の否定という激しい形にまで達してしまうことである。北は負であり、南は正であって、そこには二者択一の道しかない。だからランボーも、ゴーギャンも、スティーヴンソンも、いったんヨーロッパを捨てたら、もうそこへは戻ろうとはしないのである。／敦は、こうした西欧人の南方行の系譜に強い関心を抱いていた。（「パラオ好日」『南海漂蕩』）

近現代のヨーロッパの芸術家や文学者たちのなかには、列強諸国によるアフリカやアラブなどへのコロニアリズムを背景とする移動や往還のなかで、決して多くではないが南方の文明を称揚する人たちがいた。ときには、彼らはそれによってヨーロッパ文明の否定にまでいくのであった。同様に、欧米の背中をおって海外領土や委任統治領を増やしていった近代日本の植民地主義があったおかげで、中島敦の南洋への興味と南洋群島への移動手段や就職も可能になった。しかし、ヨーロッパの背中を見ながら後発的に近代化をはたしていった日本の知識人たちの場合、欧米人と同じようなかたちでオリエンタリズムやエキゾティシズムを抱くわけにはいかなかった。なぜなら欧米人が南方を志向するときとはちがい、アジアのなかの日本から南方を志向するのだから、その心理はより複雑で屈託したものにならざるを得ない。

中島敦は、近代日本における知識人としての自意識の病いのことを「狼疾」と呼んでいる。それは、孟子の「養其一指、而失其肩背、而不知也、則為狼疾人也。（一本の指に気をとられて、その肩や背までをも失うことに気づかないような人を狼疾の人という）」という言葉に由来する。中島はそのような近代の知識人ならではの我執を、南方的なものによって癒そうとしたのではないか。一九四一年六月二十八日、中島は妻子をはじめとする多くの人たちに見送られて、サイパン丸で横浜をあとにした。八丈島、青ヶ島、小笠原を船でとおって南進し、ついに念願の南洋であるサイパン島に上陸したのが七月二日のことだ。その日に妻のたかに宛てたハガキには、「空と水（緑色）とが恐ろしく綺麗。家々の生垣には大抵ヒビスカスが植わっている」とある。まっ赤な花や南洋の樹木などの植生に目がいっている様子だ。それからヤップ島を経由して、勤務地であるパラオのコロールに到着したのは、さらに四日後のことだった。

しかし、常夏の島へきたからといって中島敦の喘息はすぐに快方へはむかわなかった。また、しばらくすると島民の子どもたちのための国語の教科書づくりという仕事にも、すっかり嫌気がさした様子である。役人気質の上司や同僚に囲まれるなかで、まわりと深いつきあいをせず、だからといって、彼が本来の仕事と定めていた創作活動が進んだわけでもなかった。熱帯の気候が招きよせる怠惰な気分のなかで、中島は自分がどうして南島への赴任をのぞんだのか、その最初の目的意識すらも見失っていった。その頃の心情は作品集『南島譚』におさめられた短編「真昼」において、「私」の独白体と「私の中の意地の悪い奴」の内的な対話として描かれている。

では、自分が旅立つ前に期待していた南方の至福とは、これなのだろうか？　此の昼寝の目醒めの快さ、珊瑚屑の上での静かな忘却と無為と休息となのだろうか？

「いや」とハッキリそれを否定するものが私の中にある。「いや、そうではない。お前が南方に期待していたものは、斯《こ》んな無為と倦怠とではなかった筈だ。それは、新しい未知の環境の中に己を投出して、己の中にあって未《ま》だ己の知らないでいる力を存分に試みることだったのではないのか。更に又、近く来るべき戦争に当然戦場として選ばれるだろうことを予想しての冒険への期待だったのではないか。」

（「真昼」『中島敦全集2』）

愛しい妻子を内地に置き去りにしてまで中島敦が試したかったことは、南洋群島という未知の環境のなかで、自分自身のなかでいまだ目覚めていない力を覚醒させることだった。それは文学的な創作活動を意味するのだろうが、それだけにかぎらず、持病に悩まされていた三十二歳の人間として、その生命を何らかのかたちで躍動させて燃焼したいという想いもあったのではないか。そうでなければ、近い将来これら美しい南洋の島々が戦場として戦争に巻きこまれることを見越して、その場所へ赴いたなどと書かないだろう。実際に中島が南洋に滞在しているあいだに真珠湾攻撃がおこなわれ、太平洋戦争がはじまったのだから。これらのことが複雑にからみあい、ヨーロッパ人による南方志向の文学を読んできた病弱な教師の幻想を形づくっていた。しかし、彼は欧米人ではなかった。所詮は明治の開化以来、急速に近代化と軍国化をなしとげた極東アジアの新しい帝国の知識人にすぎなかった。「真昼」のなかのつづく文章において、中島は自分が南洋へきたことが、ヨーロッパの文学者や知識人たちの南方憧憬と関係していることをはっきりと自覚する。

「怠惰でも無為でも構わない。本当にお前が何の悔も無くあるならば。人工の・欧羅巴《ヨーロッパ》の・近代の・亡霊から完全に解放されているならばだ。所が、実際は、何時何処にいたってお前はお前なのだ。銀杏の葉の散る神宮外苑をうそ寒く歩いていた時も、島民共と石焼のパンの実にむしゃぶりついている時も、お前は何時もお前だ。少しも変わりはせぬ。ただ、陽光と熱風とが一時的な厚い面被《ヴェイル》を一寸お前の意識の上にかぶせているだけだ。お前は今、輝く海と空とを眺めていると思っている。或いは島民と同じ目で眺めていると自惚《うぬぼ》れているのかも知れぬ。とんでもない。お前は実は、海も空も見ておりはせぬのだ。(……)お前は島民をも見ておりはせぬ。ゴーガンの複製を見ておるだけだ。ミクロネシアを見ておるのでもない。ロティとメルヴィルの画いたポリネシアの色褪せた再現を見ておるのに過ぎぬのだ。」

(「真昼」前掲書)

中島敦にしてはめずらしく、激越にかつ直截的に自己をさいなんでいる文章である。近代のヨーロッパ人たちの南方憧憬をまねて、委任統治領となった南洋の島々へ移動してみたところで、彼らがつくりだした幻想のレプリカをながめているのにすぎない。日本列島の真南にある三千キロ以上はなれた洋上のパラオ群島へきたところで、それは同じことなのだという。この場合、自分の所属している近代日本が追いかける西欧文明と、いま眼前に見ている「南方」の無垢さとが単純に対立する概念とはなりえないのだ。それではアジア人としてのアイデンティティを強調して、欧米人よりもより島民たちに近い存在として自己を主張すれば、あるいは「南方の至福」を享受することができるのか。それも否である。チャモロ人、カロリン人、パラオ人のように熱帯の灼きつけるような陽光やそれによって光輝く美しい海を、自分がその一部に属するものとして無垢な立場で享受することもできないであろう。中島の繊細な感受性は、南洋に到着して長い期間を経ないあいだに、自分が中途半端に文明化されたまがいものの植民者のひとりにすぎないことに気がついてしまったのである。

中島敦と土方久功

中島敦の内面における葛藤がどのようなものであったにしても、残された小説作品を読んでいけば、彼が南洋で得られた見聞や知見をできるかぎり自身の創作に反映しようとしたことが見えてくる。「南島譚」という標題にまとめられた「幸福」「夫婦」「鶏」の三編は、帰国後の一九四二年に執筆された短編小説だ。「幸福」は、パラオ群島の最北端にあるカヤンゲル島の近くにあった「今は世に無きオルワンガル島の昔話である。オルワンガル島は、今から八十年ばかり前の或日、突然、住民諸共海底に陥没して了った」という舞台設定である（「幸福」前掲書）。オルワンガル島が島民たちとともに海に沈んでしまったという伝説を中島がどこで耳にしたのか詳らかではないが、すでに南洋で十年以上暮らしていた彫刻家で民族学者の土方久功から教わったと考えるのが自然だと思われる。土方がパラオ群島の口述伝承を集めた文章のなかには、オルワンガル島について次のような口碑が記録されている。

オルワンガル島の人たちは勢力がつよくて、いつもカヤンゲル島の人たちをいじめていた。カヤンゲル島の首長であるレグール・デブールの子どもがオルワンガルの島民から罰をあたえられ、苦しんで泣き死ぬというできごとがあった。その後、彼はパラオ本島の北部にあるガラスマオへ舟でやってくる。するとガラスマオの首長が同情して、彼に潮を満ちさせる呪術を教えてくれた。彼はカヤンゲル島にもどってからオルワンガル島の様子を見にいくが、小村の者だとして誰も相手にしない。ひとり頭が大きくて立てない子どもとその母が歓待し、ご馳走してくれた。そこでレグール・デブールはその子にだけ何日の何時に海嘯がきて、オルワンガル島が沈むことを伝えて帰ってきた。

其の子供が泣いて泣いて食事もしないで泣くので、家の者が理由をたずねると、何でも大きな大きな筏を作って皆それに乗れと云うので、皆で大筏を作って乗ると、七つの大浪が来てオルワンガルを呑んでしまった。大筏に乗った者はパラオに流れついたが、他の者は皆島と共に海中に沈んでしまった。

（「伝説遺物より見たるパラオ人」『土方久功著作集1』）

環礁のうえにできた美しい砂浜からなるカヤンゲル島を歩いてみると、数メートル以上の台地はなかった。ミクロネシアには海抜数十センチメートルしかない島もたくさんある。暴風や津波によって流された村の伝承が、いたるところに残されていることにもうなずける。土方久功はオルワンガル島の伝説が、ほかの島からカヤンゲル島やパラオへと渡来してきた人たちについての伝承と結びついているのだと指摘する。なぜなら、パラオの大きな部落の主要な一族が、このオルワンガル系統の出自をもつものであると現代になるまで伝えられているからだ。

彼らの家系をさかのぼると、八代や九代前にパラオ中の首長が更迭され、オルワンガル系統を名乗る人たちに支配階級を乗っとられた痕跡が見つかる。オルワンガル系の人びとは、当時の平均的なパラオの人たちよりも何らかの理由で頭脳が明晰だったか、文明的に進んでいるものをもっていたのだろう。そして土方は、現代のカヤンゲル島の沖に干潮時に現われるサンゴ砂からなるオルワンガル島ではなくて、付近のサンゴ礁のどこかに台風や津波などによって本当に沈んでしまった島がいくつかあったのではないかと想像するのだ。

一方、中島敦は「幸福」という小説で、紀元前から伝わる中国の説話文学『列子』にある寓話をつかい、その舞台をパラオのオルワンガル島に移植して書いている。『列子』八編のなかの「周穆王」におさめられたもとの挿話は次のようなものだ。

周という国に住む財産家の尹氏《いんし》は、お金をためることばかりに夢中になっていた。そのため、彼は朝から夜まで下僕をこき使っていた。そのなかの年寄りの下僕は、昼間の仕事がつらすぎて、毎夜つかれ果てて寝こんでいた。ところが、この年寄りは夜な夜な夢のなかで国王となり、立派な宮殿のなかで遊び楽しんでいた。それとは反対に、尹氏のほうは毎夜夢のなかで下僕になり、足腰の立たぬほど働かされて目がさめるとぐったりしているという始末だった。友人から助言を受けた尹氏が下僕たちの仕事を減らしたところ、夜にうなされる病気は少し改善した。

中島敦の「幸福」と『列子』の挿話を比べると、異質な点がいくつかあり、原典に対して彼が自分の小説で何をつけ加えたかがわかる。まず「幸福」では、オンワンガル島の第一長老《ルバツク》とその下僕の話になっている。長老と彼に酷使されている下僕が、たがいの立場が逆転する夢を見るところは原典と同じだが、夢のなかで栄養あるものを食べた下僕が太って貫禄がでてきて、長老が罰しようにも罰せなくなるという展開は「幸福」に独自のものだ。長老と下僕が「夢の世界が昼の世界と同じく（或いはそれ以上に）現実であることは、最早疑う余地が無い」と思うところは原典にはなく、パラオ人の信仰を反映しようとしているのだろう。それと同じことは中島の「幸福」につけ加えられた、下僕が悪神に祈る場面にもよく表われている。

タロ芋を供えて彼が祈ったのは、椰子蟹カタツツと蚯蚓ウラズの祠である。此の二神は共に有力な悪神として聞えている。パラオの神々の間では、善神は供物を供えられることが殆ど無い。御機嫌をとらずとも祟をしないことが分っているから。之に反して、悪神は常に鄭重に祭られ多くの食物を供えられる。海嘯や暴風や流行病は皆悪神の怒から生ずるからである。さて、力ある悪神・椰子蟹と蚯蚓とが哀れな男の祈願を聞入れたのかどうか、とにかくそれから暫くして、或晩この男は妙な夢を見た。

（傍点引用者、「幸福」『中島敦全集2』）

ここに書かれていることは、キリスト教が入ってくる以前のパラオやミクロネシアのアニミズム的な宗教観としては妥当である。死者は肉体が滅びてもなお、生者の夢のなかに姿をあらわして話したり笑ったりする。そこから、人は死んだとしても昼のあいだ目に見えないだけで、その人の一部分が霊魂としてこの世界にとどまっているのではないか、という身体と魂の二元論が発生する。身近な人の霊魂は自分によくしてくれるが、流行病、ケガ、悪天候、暴風、津波のような人知をこえるような不幸がもたらされるときには、その背後にかならずや悪神たちの存在があるのだと想像されてくる。そのような不幸を回避するためには、祈願や呪術といったものが必要となるのだ。

中島敦が『列子』に書かれた挿話をパラオの舞台に移植するためには、右のような民族学的な調査にもとづいた知識と信仰的なリアリティが必要とされた。中島が南洋旅行のあいだ、松岡静雄の『ミクロネシア民族誌』を読んでいたのはその必要性に自覚的であったからだ。そうはいっても、一九四一年という民族学の調査がまだまだ不十分な時代にあって、伝統的に無文字社会で暮らしてきたパラオ人、チャモロ人、カロリン人などミクロネシアの住民の物語を書くことは、現地語を解さない中島にとっては不可能に近いことであった。だからこそ「幸福」において古代中国の説話をおさめた『列子』から、物語のひな型を引っぱってくるということも起きたのではないか。しかし中島の願いは、古代中国ではなくてミクロネシアの人たち自身の伝説や物語をつかって、近代的な小説に仕立ててあげることにあった。それを実現するために彼はミクロネシア中を旅し、現地語を学び、彼らの民俗や信仰に関心をいだき、島民たちと直接的に接触して会話をしたり生活を観察したりしたいと望んでいた。

先に見たように、太平洋戦争が勃発した時期に中島敦が南洋へおもむいた背景には、さまざまな要因があった。小説家として創作の充実をもとめて行ったのだとすれば、中島の八ヵ月という滞在期間は、南方へむかったヨーロッパ人たちの系譜と比べてあまりにも短かった。それでは充分に現地の島民の言葉、生活、慣習、宗教などを理解することはできなかった。彼のもっていた南洋へのロマンティシズムやエキゾティシズムの視線だけでは、彼らの現実にふれることすらできないのだ。結論からいえば、中島には小説のモティーフを提供してインスパイアしてくれる現地の事情通が必要であった。それが、すでに十年以上をパラオとサテワヌ島ですごし、島民の言葉と文化に通じ、ミクロネシアの島々の文化や社会制度、伝説や民間信仰にいたるまでを研究していた土方久功の存在なのだ。中島と土方の出会いは、パラオに滞在して二ヵ月目に実現している。

岡谷公二の『南海漂蕩』によれば、中島敦が一九四一年六月にパラオ中心部のコロール島に南洋庁の役人として赴任したとき、土方久功は同じ地方課の嘱託職員として働くかたわら物産陳列所の仕事をまかされていた。そこはミクロネシアの島々の物産品を展示する施設で、むかしの祭器や武器などの民具を並べており、それを収集するのが土方の仕事であった。土方はパラオ語を自由に話し、島民の知人も多い南洋群島の事情通として知られ、内地からやってくる文化人や学者の案内のほとんどが彼に任されていた。同年の八月十八日、中島はさまざま人たちが出入りする土方の部屋へ遊びにいき、一度か二度会っただけで意気投合したようだ。その頃の中島はまわりの役所の同僚たちに打ち解けることができず、孤独感をおぼえていた。役人肌ではまったくない四十一歳の土方に出会うまで、パラオには心を許せる友人がひとりもいなかった。そこで必然的に、毎日のように土方の部屋へ足しげく通うようになった。

実は第二作品集『南島譚』に収録されて、「南島譚」や「環礁」の標題としてまとめられた短編小説の多くは、土方久功が中島敦に話してきかせた伝承や伝説、土方が民族誌を執筆するために書いていた草稿や日記などの文章にあったものが翻案となっている。中島は仲良くなった土方に「この話、小説にするから僕にくれないか」と気軽にいい、土方のほうも中島の才能を見抜いていたので、自分で腐らせておくよりはいいと思ったのか、快くそれに応じたという。中島はミクロネシアを知悉しているこの民族学者から話を聞き、メモを読み、そこから抽出した人物や説話を小説にした。そして、フィクションや誇張的な表現を加味して自分の文学にしていったのである。

久功の家の書棚や机の上には、南洋群島での彼のさまざまな調査の記録、折にふれて書いた文章や日記が無造作に置かれていて、敦はそれを自由に読むことを許されていた。こうして敦は、久功がコロール島の南に在る、ソンソル、ブル、トコベイなどパラオ諸島の離島を旅したときの紀行「南方離島記」の中に、ナポレオンという綽名の、「プール島（人口二十に足らず）に、パラオより流刑に会ひし無頼の少年」の話を、また「日記」の中に、久功のごくささやかな親切に感謝し、癌で死ぬ前、三人の青年に遺言して、久功のところへ死後それぞれ鶏を届けさせるギラメスブヅ爺さんの話をみつけた。敦は帰国後、これらの話をもとにして、『南島譚』の中の短編「ナポレオン」と、「鶏」を書いた。

（『南洋漂蕩』岡谷公二著）

ここでは「環礁」の一編である短編小説「ナポレオン」を例にとってみよう。引用文にもあるように、太平洋上のパラオ群島には、本島から三百キロから五百キロはなれた海洋に散らばる南西諸島があり、当時のソンソロール島、プロアナ島、メリール島、トビ島にはそれぞれ五人から二十数名の島民が暮らしていた。「南方離島記」は土方久功がこれらの絶海の孤島を船でめぐったときの記録である。「プール島」はプーロという村をもち、ソンソロール語でPulo、パラオ語でPulo Annaと呼ばれるプロアナ島のことだろう。国光丸でプロアナ島に到着した土方たちを十八、九人の島民がむかえたとき、そのなかに十三、四歳のひとりのパラオ人の少年がいた。
「皮肉にも此の少年の名はナポレオンと云うのである。そして此の遠いパラオの小ナポレオンが、只一人この様な離島に居る理由が、また香ばしくないのであって、この、まだ公学校も卒業しない少年が、警察の手にもおえない悪性な窃盗常習の故を以て、この二百哩も離れた、人口十八、九名の離島に流刑に処せられているのである。三年の刑期を既に二年近く、この少年はここに過しているのである」と「南方離島記」にはある（『土方久功著作集6』）。興味ぶかいのは、この文章に報告されている言語の問題である。土方久功がナポレオンに日本語で話しかけたところ、ただ「わからない」と答えたのでパラオ語で話しかけてみた。ところが、わずが二年の滞在のあいだに彼は母語を忘れていて、現地のプル語しか解さなかった。そうして生まれつきの悪性から、この小ナポレオンは流刑された島のなかで君臨し、ほかの島民たちを目下のように扱っていたというのだ。

原典ではこれだけの短い挿話であったものを、中島敦は「ナポレオン」という短編小説に仕立ててあげている。「私」という視点人物が船上で日本人の警官と出会う。警官は悪辣なナポレオンという少年を流刑先のS島から、さらに遠いT島へ移すために出向くのだという。S島に到着して「私」が船上で待っていると、警官と巡警が立派な体軀の人物ではなく、予想外に「ひねこびた猿」のようなやせた少年を連れてくる。船がS島をでようとすると、ナポレオンは脱走して島まで泳ぎ、水夫がそれを追いかけるという大捕り物が展開される。結局、ナポレオンは麻縄でしばられてT島へ連れていかれる。ふて腐れたのか、ナポレオンは飲み食いを拒否し、カヌーで新しい島へ連行されるときにも巡警を突き飛ばすという反抗的な態度にでた。ところが、上陸から三時間が経って船が出帆したとき、島民たちに混じって、ふたりの子分を引き連れたナポレオンが無邪気に手を振っている姿を「私」が目にするという結びである。

中島敦の「ナポレオン」では、土方久功が経験して書いたプロアナ島での挿話が、短いながらも起伏に富んだ小説へと膨らまされている。中島の文学の魅力のひとつは、古今東西の説話文学や伝奇的な物語に典拠をとりながら、先行テクストを近代的な小説の作法のなかで巧みにつくりかえるところにある。であるから、それが想像力を付加できる余白の多い説話的なものであれば、民族学者からの聞き書きや彼のフィールドノートであってもよかったのである。中島の作品集『南島譚』には、土方久功が集めた南洋の神話、伝説、民話からインスパイアされて短編にまとめた作品が多い。二人は足りないところを相補うぴったりの組みあわせだったといえよう。

ひとつだけ引っかかるのは、「ナポレオン」の視点人物である「私」のモデルが土方久功ではなく、暑気をおそれてS島に上陸しないところなど、中島敦自身の特徴をもっているところだ。帰国後に『南島譚』が刊行されたとき、中島が「この本は土方さんには読ませられない」といって献呈しなかった逸話は知られている。民族学者が南洋で直接体験したことを、あたかも自分の経験のように書いたことへの含羞があったのかもしれない。わたしはそこに三十二歳の病弱な人間の、やむにやまれぬ願望のようなものを感得してしまう。多くの障壁を乗りこえた末に、中島は書物やフィルムでしか知らなかった陽光の照りつけるミクロネシアへやってきた。もちろん南洋を舞台にした小説を書きたいという野心があったからだが、そこにはさまざまな新しいできごとをみずから直接経験してみたいという望みもあったのにちがいない。ところが実際にパラオへきてみれば、彼は現地語も話せない、持病も治らない無能力者に近かった。そのような彼が生きと南洋を動きまわる土方の「冒険」を目にしたとき、耳にしたとき、想像のなかであたかも自分がそれを経験したかのように小説のなかの人物を動かしたとしても、いったい誰がそのことを責めることができるか。

中島敦のカヤンゲル島

太平洋戦争の戦火がせまっていると判断して、パラオとほかの島々に八ヵ月のあいだ滞在していた中島敦が土方久功とともに船で帰国したのは、一九四二年三月のことであった。そこで中島は、パラオへ赴任する前に深田久彌に預けた原稿のうち、「山月記」と「文字禍」の短編小説二編が「文学界」二月号に掲載されて文壇デビューを果していたこと、スティーヴンソンのサモアでの生活を描いた長編小説「ツシタラの死」（改題後は「光と風と夢」）が同誌の五月号に掲載予定であることを知った。それ以降、同年十二月に病没するまで原稿執筆と単行本の出版が相次ぎ、ようやく作家業に専念することのできた彼の多産で奇跡のような九ヵ月間がつづくことになる。ところで、本当に中島敦はパラオやミクロネシアの島々を旅したのにもかかわらず、その土地の人びとや文化のふかいところにまで接触することのなかった小説家なのであろうか。それは半分当たっていて半分まちがっている。少なくとも中島が彼なりに南洋での生活を味わい、島民たちのことを理解しようとし、その島々にある神話や民俗や精神風土を知ろうとした痕跡が彼の作品のそこかしこに散見されるからだ。たとえば短編小説「鶏」における次のような箇所は、島民を取材する小説家のそれというよりは、ほとんど異境の地において他者の研究をする者のフィールドノートの記述に近い。

例えば、私が一人の土民の老爺と話をしている。たどたどしい私の土民語ではあるが、兎に角一応は先方にも通じるらしく、元来が愛想のいい彼等のこととて、大して可笑しくもなさそうな事を嬉しそうに笑いながら、老人は頗る上機嫌に見える。暫くして話に漸く油が乗って来たと思われる頃、突然、全く突然、老爺は口を噤む。初め、私は先方が疲れて一息入れているものと考え、静かに相手の答を待つ。しかし、老爺は最早語らぬ。語らぬばかりではない。今迄にこやかだった顔付は急に索然たるものとなり、其の眼も今は私の存在を認めぬものの如くである。何故？　如何なる動機が此の老人をこんな状態に陥れたのか？　どんな私の言葉が彼を怒らせたのか？　いくら考えて見ても全然見当さえつかない。

（「鶏」『中島敦全集2』）

ここには植民者として異境をおとずれた者の前に立ちはだかる、他者からの突如とした拒絶反応が描写されている。ただの単身での赴任者であればパラオ語などの現地語を習わずに、植民者の言語である日本語を使用していればいいのだから、ここでの「私」のように島民を理解しようと一歩踏みこむ必要はない。現代から見れば「土民」や「土民語」という言葉の使用は、コロニアリズムにかたよった差別的な言辞として問題になる。だが戦前や戦中の大日本帝国では、このような見方が世間一般に流通していたのであり、中島が特別に偏った人間だったことを意味しない。彼はむしろ島民に対する差別につよい抵抗感をいだく人だった。ここで談笑していたパラオ人の老翁が突然口をつぐんで沈黙し、「私」のことをそこにいない者であるかのように無視するのはどういうことか。この老人の心理を言葉で十分に説明することはむずかしい。ただそれが、よそからきた者たちに自分たちの土地を支配され、わが者顔に振まわれていることを思いだしたときに、被植民者の人たちが見せる固有の態度であるということはできる。

小説家である中島敦が、ここまで島民たちの社会や心理の内側へ入っていきたい、そこから何かを得たいと望んでいたことが、わたしには少々奇異にも思える。小説の題材を集めるための取材において、そこまでする必要があるのだろうか。中島のほかにも多くの文学者、知識人、学者といった人たちが委任統治領だった南洋の島々をおとずれたが、そのような同時代人と比べても

南洋で中島敦が描いたスケッチ

中島が島民たちと深いところで接触したいと考えた思い入れには特殊なものがあると感じる。たとえば上の図は、中島が妻のたか宛に一九四一年十月十五日に送った書簡に添えられた、トラック島の島民が歌とダンスを披露したときの衣裳と道具のスケッチである。彼は二十人ほどの男たちが二列になってむかい合い、竹の棒をもって踊る伝統的な棒踊りを見物した。中島が描いたスケッチには「椰子の若芽を結んだもの」「耳たぶに孔があいてゐるのでそこにも花がさしてある」「ヒタヒとホッペは紅」「足くびにも椰子の若芽のリボン」などと、詳細に観察と聞きとり調査をおこなった痕跡が示されている。松岡静雄の『ミクロネシア民族誌』や土方久功の調査研究から刺激をうけて、そこからの影響もあるのだろうが、ときどき中島が彼なりに民族誌的な記述を試みていたことがわかる。

帰国直前に土方久功の案内でパラオ群島の隅々までをめぐった十日間の旅において、中島敦は可能なかぎりパラオ人と接触をしようと試みた。以前に中島の体調不良で延期されていたものを帰国する寸前に実現したものだった。案内をした土方久功の目線から、このパラオ群島めぐりの旅について書いた文章に「トンちゃんとの旅」がある。南洋での中島は敦《トン》ちゃんという愛称で親しまれていた。それによれば、中島が「島民部落を見てまわれるような旅に連れて行ってくれ」と頼むので、出張という名目で本島のバベルダオブ島と離島のカヤンゲル島を一周したのだという。その道行きで「小さなリュックサックを背負って村はずれの道を歩いて行くと、芋田に行くらしい母と娘が、椰子の葉で編んだバスケットをかかえて向うからやって来る。たちまち娘が大げさな表情で、パラオ語で話しかけてくる。そして二言三言冗談を言って別れて行く。すると敦ちゃんが、君、いまのは何と言ったの、ときく。そして、いいなあ、いいなあ、と言うのだった」（「トンちゃんとの旅」『土方久功著作集6』）。南洋滞在の最後に土方という通訳者兼ガイドを介することで、ついに島民たちと肌と肌で接するような近さでふれあう機会がめぐってきたのである。

滞在期間が短かったため現地のパラオ語を話すことができず、役人という立場のせいもあり、中島敦にはせっかくミクロネシアまできたのに、島民たちと表面的にしかつき合うことができずにきたいら立ちとあせりがあった。前述のように、彼にはできないことを土方久功が目前でわけもなくやってみせることについて、つよい羨望の気持ちをいだいていた。「久功に対する彼の敬愛の念は、主として、久功が誰よりも深く島民の中に入りこんでいることから来ていた。久功は、南洋に居続けた場合の敦のあるべき自分の姿だった」とまで岡谷公二は読みこんでいる（『南海漂蕩』）。

一九四二年一月十七日、コロールをでたふたりは、船と徒歩でバベルダオブ島を北上して、七日目には本島の北端のガラロン州に達した。女神が焼き殺されたときに倒れた体がパラオの島々になったという伝承があるが、その頭から首にあたる岬状の細くなった地である。この地域には有名なバドルルアウの石柱群の遺跡があって、中島敦たちもおとずれている。海抜八十二メートルの高さがある丘陵の急斜面に人面像の石柱がたくさん遺されているところだ。翌日の二十四日には、波止場からポンポン船に乗ってパラオ群島の北辺の離島カヤンゲルにむかった。この島には古いパラオの風土が残っているのでかねてから土方久功が愛着をもち、そこで暮らしたこともある顔見知りばかりの小さな島だった。土方にとっては最後のお別れのための一泊二日の島渡りだった。

かつては栄えたが、津波で海に沈んでしまった伝説をもつオルワンガル島に近い、このカヤンゲル島を中島敦は気に入ったようだ。彼は島を散策し、エラタカオをはじめとする島民たちの家をたずね、まぐろの燻製や島バナナを食べ、蜘蛛貝をもらっている。日記には「海岸伝いに戻る。恐ろしく美しく白き浜。カヤンガル・ゲリュンス・ウルブラス・オルラック四島にて環礁をなし、礁湖を抱けるなり。浅き水の美しさ。貝を拾う」とか、「月夜の屋外に歌声するにつられて外に出で素馨《そけい》並木、海岸等を逍遥。たまなの黒き影の大きさ。浜の白さ。女共。水底の砂もよまるる水の明るさ。ポクポクと曲りて葉を落せる素馨の枝を透かして見るオリオン星。夜具無しでゴザの上に寐る」とある（「日記」『中島敦全集2』）。南洋滞在の終わりに昔ながらのパラオの雰囲気を残す島へきてやっと、土方久功のように長老や島民の女たちと自然に触れあい、その存在を身近に感じるという彼の希望を実現したのだ。

それはなんと造作のないことであるのだろう。ひとりの健康な人間が自然にいだかれて、それを賛美し、まわりの人と自然の恵みである食物をわけあって腹を満たし、歌いたいときに歌い、眠りたいときに眠りたい場所でぐっすりと眠ることにすぎないのだ。これほどの遥かなる旅をしなくてはその境地にたどり着けないというのなら、近現代人の「狼疾」の病いは根が深いといわざるを得ない。ここまできてわたしは、中島敦が「幸福」という短編小説において原典の『列子』の挿話につけ加えた、下僕が椰子蟹とミミズの悪神の祠で祈りをささげる場面のことを思いだす。小説ではそれは海に沈んでしまったオルワンガル島の昔話とされているが、中島がこのカヤンゲル島のことを思い浮かべながら「幸福」の文章を書いたことはまちがいないと思われるからだ（「夫婦」という短編においても、夫が妻のために本島からカヤンゲル島に渡って、そこにしかないタマナ樹で舞踊台をつくるという舞台設定になっている）。

例えば第二図はンカヤンガルのムヅール・バイ廃村のア・バイ（組合屋）跡の積石の上にあり、——尤もこれは石ではなくて珊瑚塊であるが、ンカヤンガルにはもともと石がないのである。——ヅーケラム神に捧げる鼈甲亀の首をのせる台であるが、此の上に乗って居る平石の一端が図のように凹形に切り込まれて居る。

（「伝説遺物より見たるパラオ人」『土方久功著作集1』）

五つのサンゴ岩をならべた台。土方久功が戦前スケッチに残している

土方久功が戦前にスケッチした珊瑚岩でできた祭壇は、現在もカヤンゲル島のア・バイの跡地に雨風に耐えながら建っている。実際にこの場所へいって観察してみたら、おもしろいことに、この祭壇は横に五つ珊瑚岩をならべたもうひとつの台と一組のセットになっていた。どうして土方はこちらの台について触れなかったのか。台の使途が不明だったのか、時代的に祭壇よりも新しい時代のものであるのか。二〇一三年十一月の台風ヨランダによる直撃のあと、住民が五十人に満たなくなったカヤンゲル島で唯一の商店をいとなむヘンス・タカオさんにそのことをきいてみた。すると彼女の記憶では、子どもの頃に水死人などの死者を横たえる寝台だったと教えてくれた。それ以上の詳しいことは良くわからないといって、困ったような顔で首を横にふった。

中島敦は「幸福」のなかで、「悪神は常に鄭重に祭られ多くの食物を供えられる。海嘯や暴風や流行病は皆悪神の怒から生ずるからである」と書いた。その物語を海に沈んだオルワンガル島の昔話であると書いたとき、彼はどれだけの現実感をもってその言葉をつづったのか。「幸福」に登場するあわれな下僕の男は、「疲れ果てた身体を固い竹の床の上に横たえて眠る——パラオ語でいえばモ・バズ、即ち石になるのである」と書く。そして、第一長老の家の台所には「極上鼈甲製の皿が天井迄高く積上げられて」いて、その家には「昔その祖先の一人がカヤンガル島を討った時敵の大将を唯の一突きに仕留めたという誉れの投槍が蔵されている」のだ（傍点引用者）。疲れ果てた身体が横になって眠ることを「石になる」と比喩でいうくだりは、珊瑚石の寝台のイメージと重ならなくもない。あるいは、土方久功が調査したカヤンゲル島の鼈甲亀の首をのせる台や、強者だったオルワンガルの島民がカヤンゲル島民をいじめて、その末に海嘯で海に沈んでしまった説話がここにこだましている。中島がカヤンゲル島で体験したことをどれだけ具体的に「幸福」に反映したかのはわからないが、海に沈んだ島の原像はこの島からきていると考えていい。

南溟の環礁から海上に白浜がそっと顔を浮かせたような島で、無文字社会であるがゆえに書き残されることなく、忘却されていく伝承のことをわたしは思った。遺物はそこに在るのだが、それが人びとのどんな信仰からどのように使われていたのかを語りつぐ者はいない。それを記憶するために伝承を集めてスケッチや写真をとり、記録を残すことが民族学の務めであろう。そうであるなら、すでに消失しかけている説話や伝承に対して、想像力によって新しい接ぎ木をし、別の物語としてよみがえらせるのは文学者の仕事である。中島敦がミクロネシアを描いた一連の短編は、そのような独特のフォークロア小説として成立している。それが口述伝承であろうと書物に残されたものであろうと、先行するテクストの説話性を存分に引きだしながら、それを再創造するいとなみのなかに、中島文学の秘蹟があるといわなくてはならないのだ。

曖昧な日本の私がたり

江藤淳のアメリカ

江藤淳の「他者」

夏目漱石の「夢十夜」の第六夜に、次のような話がある。

運慶が護国寺で仁王を刻んでいるというので出かけると、見物しているのは自分と同じ明治時代の人間ばかりである。頓着のない自在な鑿と槌のさばき具合に感心していると、あれは彫刻をしているのではなく、眉や鼻が木のなかに埋まっているのを鑿と槌の力で掘りだすのだからまちがいがないのだと若い男が教えてくれる。急に自分も仁王が彫ってみたくなり、家へ帰って薪を片っぱしから彫ってみるが仁王は見当たらない。それでついに明治の木には仁王は埋まっていないのだと悟るのだ。

この寓意的な話が指し示す真意を決定づけることはできないであろう。とはいえ、鎌倉時代から理想として生き続ける「運慶」というものがありながら、自分を含む明治の人間は本当の芸術を創りだすことができないという漱石の諦念は伝わってくる。あるいは「自分」の文学に対する漱石のきびしい批評だととらえることもできる。いずれにせよ、この話の「明治の木」を「昭和の木」か「戦後社会の木」に置きかえてみれば、これはそのまま江藤淳の文学の肝をいい当てた言葉になる。たとえば江藤淳は、「夢十夜」が「人間存在の原罪的不安」を主題にしているという伊藤整の見解を受けて次のように述べている。

この「我執」は神を通じて人間関係を成立させることも出来なければ、他者の前で自己を消滅せしめることも出来ない。ぼくらの棲息する社会に於て、「我」の問題は、仮に神が死んだにせよいまだその記憶を残している西欧社会に於けるよりも、はるかに赤裸々な様相を呈している。そしてこの「我」は、明治以降の西欧の自我意識の一面的な輸入によって、更に複雑化されている。漱石が「我執」を問題にし、近代文明の病弊を自我の過度な主張に求めた時、西欧的自我と、彼の所謂「我執」との相違に気がついていたとは思われないが、日本の近代社会に特徴的な、救済され得ざる原罪、神という緩衝地帯を有せざる「我執」の存在は、的確にとらえられていたのである。

（江藤淳『夏目漱石』）

個人の意志と社会との対立を問題として立てることは、いつの時代でも不変な問いかけであり、そこでは自身と現実を直視する切実なまなざしが必要とされている。相変わらず日本と呼ばれる列島で生まれ育った「私」はより大きな得体の知れぬ力を前にして、そこからみずからの期待や願望を引きだせず、それと合一し一体感を持つこともかなわず、存在の不安におびやかされている。そんな日本の社会では「私」の無力感が西欧人のそれと比べて、はるかに赤裸々な様相を呈し、かつ複雑化されていると江藤淳はいい、そのちがいは「神の観念」の有無であると結論づける。そこまで異論の余地はほとんどない。

『夏目漱石』において西欧的自我と漱石の「我執」の問題が横糸にされているとすれば、縦糸にあたるのは「明治」という時代と「昭和」という時代の間にある断絶である。江藤淳にとっての「私」の自意識の問題の源泉は、彼の祖父の世代に近い夏目漱石の生きた明治という時代に求められる。欧化と近代化のはじまった明治期から時の流れとともに文明は進み、社会は開かれてきているはずであるのに「私」は生の本源的な部分に巣食う欠落を感じ、深い寂しさとともにある喪失感を打ち消すことができない。この時代の木にもまた運慶の仁王は埋まっていない。「夢十夜」は「影のみによってなった作品」であると江藤淳が言うとき、夏目漱石の暗い人間存在についての意識を透かして見ているのはまさに彼が対峙している現代の日本社会の姿である。

縦と横からの衝撃を江藤淳がまともに受けたのは、無論「戦後」という時代の世相においてである。江藤淳は敗戦によって祖父たちのつくった明治日本という国家とその象徴である海軍を失い、空襲で大久保の家を失い、特権的な階層から没落して物質的に窮乏し、最大の慰めであった音楽さえも失った(「戦後と私」)。であるから、彼が日本文学とはいったい何なのかと問おうとする際に、単なる抽象的な西欧的自我を相手どるのではなく、日本にとってのアメリカという具体的な「他人」を取りあげることは極めて自然だといえる。江藤淳は「他人」との邂逅をペリー来航にまでさかのぼり、その源泉をたぐり寄せようとする。

このとき日本人は確実に「他人」に出逢ったのである。つまり、このとき日本人は、自己の投影としては解釈することのできない「他人」というものが、自分のなかにおし入って来る感覚を味った。「他人」とは自分と異なった世界像の下に生き、異なった論理と行動様式を持った存在である。そのことを日本人は痛いほど明確に思い知らされた。(……)それは、以降今日まで一世紀有余にわたってつづき、現に継続している日本人の世界像の崩壊の端緒である。この場合のアメリカが、単に「新世界」だけではなく全「西欧」を代表したということが、問題を複雑にする。だが、この崩壊過程――危機の只中で、日本人はどのように自問したか。それを問うことは、ほとんど明治以降の文学を問うことである。

(「日本文学と「私」」『江藤淳コレクション4』)

「他人」といっても「他者」といいかえても同じことであろうが、漱石について論じながら日本人の我執は「明治以降の西欧の自我意識の一面的な輸入によって、更に複雑化され」たと江藤淳は指摘している。同様に、戦後にアメリカという「他人」が押し入ってきたときも日本人の「私」の問題はさらに複雑にされたのである。この批評家が「複雑」だというときは別段お茶を濁しているわけではなく、それを大問題だと意識しており、いずれ別の場所できちんと決着をつけるつもりだという宣言に近いと考えていい。明治期の開化から綿々と続く欧化の過程を戦後に起こった衝撃のなかで身を持って感得したとき、江藤文学の射程は「他人」と「私」の複雑にからまった問題をひとつひとつ紐解いていくというところに定まったのだ。それにしても、戦後ほとんどの人が解放として歓迎した民主化の過程を「日本人の世界像の崩壊」ととらえた江藤淳の反動的ともいえる姿勢はどこからきているのか。その源泉を江藤淳は私情からきているといってはばからないのだが、一方でそのような視座にわけ入っていくために江藤淳は「私がたり」というまったく独自の批評スタイルを自分のものとする必要があったのである。

江藤淳の私がたり

実際は一九三二（昭和七）年生まれであるところを、著書などでは昭和八年生まれで通していたのが発覚したのは本人の死後のことであり、そうだとすれば江藤淳は年齢を一歳若く偽っていたことになる。高澤秀次はその著書『江藤淳』のなかで、実在の人物である江頭敦夫とそのペンネームである批評家・江藤淳の人格の間に起こった亀裂についてふれ、江藤淳の批評における「私」の虚構的性格について深い洞察をおこなっている。高澤によれば「江頭敦夫から江藤淳への変態」

の結果、江藤淳は「私」を虚体と化すことに成功し、母親を筆頭とする一族の死者たちである「他人」との連結を明晰な文体で実現できるようになったのである。

作品上の表現主体が「虚体」すなわち虚構的な存在であることは、小説、戯曲などフィクション一般にあっては、自明の前提にすぎない。ところが人は往々にして、批評作品に現われる「私」の虚構性を、度外視するものなのである。またある場合には、批評家自身がその自覚を麻痺させ、あられもない「私」を、無様にさらけ出したりもするのだ。

（高澤秀次『江藤淳──神話からの覚醒』）

この指摘はとても興味深いものだ。確かに私たちは無自覚のうちに批評作品に現われる「私」を書き手自身と混同し、同一視しているきらいがある。三人称的な「私」が語り手となる批評が存在するとはどうもうまく想像できないのだ。あきらかに虚構であるような「私」が登場してしまえばいくら真実味のある論旨を展開したとしても、それが批評家の自説に都合のいいようにねじ曲げられたものだと読み手は受けとるであろう。第一、虚構の「私」を主軸に書きつらねる批評の言葉というものほど無責任にきこえるものもない。批評が一人称的な「私」の自己顕示と無縁でなくてはならないという以上に、三人称に近い「私」はきまじめな批評行為と相いれないたぐいのものである。

「江藤淳の語りは、こうして危く私小説のそれに接近しつつ、危機的に批評言語の臨界点を開示して見せるのだ」と高澤秀次が結論づけるときに、私が多少の不満をおぼえるのは、江藤淳の「他人」を媒介する「私がたり」といわゆる「私小説」の間のどこに明確な線を引くことができるのか、十全に開陳されていないと思うからだ。江藤淳の「私がたり」がなぜ私小説と呼べないのか、どうして江藤淳の「私がたり」が小説の言葉ではなく批評の言葉であるといい切れるのか、そこのところをもう少し煮つめられないか。

さらにここには批評の方法における原理的な問題も含まれている。文芸批評は俎上に載せた作家なり批評家なりを主体に据え、その書き手が書いたものを読解していくなかで批評対象を自在に動かしていくところに評者の独創が表れるのであり、その運動の身ぶりと軌跡こそが批評の実体に他ならない。であるならば、批評という行為を知りつくした江藤淳がそのような原理を巧みに利用し、自分の姿をさらけだしつつ本来の自分の姿を隠蔽し、かつ捏造するのは必然ともいえ、この批評家にとっての「私」の問題もその虚構性の問題も「私がたり」という批評の方法の影で黒くつぶれて見えにくくなっている。

それに江藤淳の虚構的な「私」は、それを即座に「虚体」であるといい切ってしまうにはあまりにも生臭く、無批判に「私がたり」を批評の言葉だと受容することもできない。江藤淳の「私がたり」は彼自身の本質的な弱さや欠落の露呈を物語っているだけでなく、江頭敦夫という生身の人格に江藤淳が加えた批判や批評をも織りこんでおり、複雑で重層的な「私」の文章として成立している。そのことを意識してはじめて『犬と私』、『アメリカと私』、「日本と私」（『江藤淳コレクション2』所収）、「戦後と私」「文学と私」（『文学と私・戦後と私』所収）、『一族再会』など毛色も毛なみもまちまちな「私がたり」の文章を、より大きな江藤文学の輪を構成する各部位として包括し位置づけることができるようになる。

私は、ひとり考えで、私小説にはふたとおりあると思っている。そのひとつは、瀧井氏が云われたとおり、自分の考えや生活を一分一厘も歪めることなく写して行って、それを手掛かりとして、自分にもよく解らなかった自己を他と識別するというやり方で、つまり本来から云えば完全な独言で、他人の同感を期待せぬものである。もうひとつの私小説というのは、材料としては自分の生活を用いるが、それに一応の決着をつけ、気持ちのうえでも区切りをつけたうえで、わかりいいように嘘を加えて組みたてて「こういう気持ちでもいいと思うが、どうだろうか」と人に同感を求めるために書くやり方である。つまり解決ずみだから、他人のことを書いているようなものである。訴えとか告白とか云えば多少聞こえはいいが、もともとの気持ちから云えば弁解のようなもので、本心は女々《めめ》しいものである。

（藤枝静男「空気頭」『田神有楽・空気頭』）

藤枝静男が述べている私小説の規定は、江藤淳の「私がたり」の方法を位置づけるのに役立つ。

ここには小説と批評という世俗的な区分を越えてしまうようなするどい省察が含まれている。それは藤枝静男が鋭敏な批評意識を持っていた作家であったからというだけでなく、より現実に近い生々しい話を書くときには「章」という三人称を使って一定の距離を確保し、虚構的な小説内容のときには三人称に近い「私」をすえるという具合に「私がたり」の方法論を試行錯誤した作家であったからだ。

第一の方法は、自分の考えや生活をまったく歪めることなく写実することにより、自己と他人とを再発見し識別するというある種古典的な私小説の方法である。ここでは瀧井孝作の方法として紹介されている。第二の方法は素材として自己の生活をもちいつつ虚構を織りまぜて作者のいいように組みなおし、読み手に提示するものであり、そこには書き手が訴えたいことや告白したいことなどが含まれるという。藤枝静男自身は第二の方法で書こうと試みて、しばしば第一の方法に近づいてしまうことが多かったらしい。第二の方法においての「私」の問題は「解決ずみだから、他人のことを書いているようなものである」と言及していることにも注目しておきたい。『アメリカと私』が第二の方法に近いかたちで書かれた格好の例であるとすれば、反対に「日本と私」は第二の方法を志向したが結果的には第一の方法にかぎりなく近づいてしまった「私がたり」であるといえる。その辺に「日本と私」が生前に著書として刊行されなかった理由もあるのではないか。私小説に同化してしまう臨界のところで踏みとどまり、『アメリカと私』が透徹した文体で批評の言葉としての自己を保持できているのは、何も「私的な事象」と「自分の考え（文明批評)」を順を追いながら交互に組みあわせて適度な量で配分しているからだけではない。それはほんの表面的な事柄に過ぎない。もっと重要なのは無論その内実であり、「私」に対する「他人」が米国人、つまり完全なる「他人」であったということの方にある。

『アメリカと私』の中で江藤夫妻がはじめて主催するホーム・パーティの客として最初に現われるのは「南部ジョージア州出身の雲つくような大男」のホーンズビイ君であり、学会ではじめて論文を英語で読むときには「背の高い米国人がはいって来て」最後列に座り、ニュージャージー州にあるプリンストン大学でのはじめての授業では江藤淳が持っていた年表の一枚が落ちかかったとき、「前列の端にいた長身の学生が進み出て」それを押さえてくれる。身辺に現われる米国人はその人間関係上の心的な距離感にかかわらず、自分とはかけ離れた「背の高い存在」という「他人」として意識されている。

私小説の第一の方法に近い意識で『アメリカと私』が書かれていたならば、米国人という「他人」との関係において「私」の問題はもっと露骨で告白的なかたちで表現されたことであろう。けれども実際は、周囲の人間が妙に長身だと言及されるだけで自身について触れられることはない。それが米国留学時代において本当に取るに足りぬことであったのかどうかはわからない。それがどうであれ、ここでの「私」はさまざまな問題を抱えながらも将棋盤の上に配置された駒のように虚ろであり、背後でそれを動かす棋士の存在を想像させる。ここには虚構化というほどのものではないが、適度な操作と処理が行われており、あけ透けに「私」を語らないことによってある種の距離と品性が保たれている。

長身のジャンセン教授は、ちょっと漫画のドナルド・ダックのような足をして、首を少しかしげ、俊敏な碧い眼を和らげて、そんな私に微笑んでいた。その態度のどこにも恩きせがましい高ぶった親切さがないのを、私はさわやかに感じた。ひょっとすると、このどちらかといえばはにかみ屋らしい、もの静かな東洋学者は、私たちの友人になれるような人物であるのかも知れなかった。だが、私は、だれにでも友人になってもらうのはいやだった。友人同士とは、相重んじる二人の人間のあいだの関係である。

（『アメリカと私』）

ジャンセン教授は『アメリカと私』に登場する数少ない真の友人のひとりである。江藤夫妻がプリンストンに到着したときに、アパートの世話など身のまわりの面倒をみてくれる教授夫妻はあきらかに江藤夫妻を日本からの友人として出迎えている。そんな教授を前にして「私」は複雑な心境になり警戒心を解くことができない。「私」はジャンセン教授に好意を持とうと欲している。可愛くてツルリとしたものが好きであった「私」（『妻と私と三匹の犬たち』）はジャンセン教授をドナルド・ダックに、その妻を象のダンボに喩えて親近感を抱こうとする。それでも同情から「友人になってもらう」のはいやだ、友人になるなら対等でなくてはいけないという気持ちを打ち消すことができない。ここで「私」が抱いている屈託はどのような種類のものなのか、と問うことにはあまり意味がない。このような屈託や葛藤は直接的に「私」の手では解決されずに、語りの水準を変えた上で透徹した明晰な文体を保ったまま「私」自身に対する次のような冷静な批評を含みつつ続けられることになる。

日本と米国の関係には、なにか本質的に不幸なものがある、と私は感じた。この不幸におちいらないためには、すくなくとも米国と自分の関係が（……）もつれた愛憎関係にならないようにする必要があった。具体的には、それは、無理に米国人の真似をしないことであった。

（『アメリカと私』）

このような考察を加えておいて再び話を「私」の身辺にもどすとどうなるか。

M・B・Jというイニシアルのはいった赤革のブリーフケースをぶらさげて、ハンチングをかぶった教授の足どりはゆっくりだったが、その歩幅は大きく、並んで歩くために、私は新しい歩きかたを工夫しなければならなかった。

（『アメリカと私』）

『アメリカと私』において核心的な事象は「私がたり」のなかでさらりと語られる。ここには「戦後日本の文学空間では欧米文学のゆっくりとだが歩幅の大きい足取りに並んで歩くために、せかせかと歩いてみたり或いは出来るだけ大股で歩いてみたり、新しい歩き方を工夫し続けねばならないものであった」というほどの意味がこめられている。実際にジャンセン教授の歩幅が大きく「私」が歩き方を工夫しなくてはならなかったのかどうかは問題にならない。つまり、ここでは第二の方法のように「材料としては自分の生活をもちいるが、それに一応の決着をつけ、気持ちのうえでも区切りをつけたうえ」で提出されており、書き手にとっては「解決ずみだから、他人のことを書いているようなもの」なのだ。

もしこれが私小説であれば、このような語りの方法を取ることは、藤枝静男がいうように「もともとの気持ちから云えば弁解のようなもので、本心は女々しいもの」である。「私」は直面している問題に正面からこたえずに、話題を日米間の問題にすりかえているのだから自身の弱さに対する「弁解のようなもの」であり、このような忌避を行なう書き手の「本心は女々しいものである」だろう。しかし『アメリカと私』はあくまでも批評文であり、それは「私がたり」の批評としてまったくちがう意味あいをおびている。「文明批評」の方が本筋であり「私的な事象」はそれを糊づけするものでしかないのだ。「友人は欲しいがアメリカ人と対等でなくては嫌だ」という「私」の葛藤は、いつの間にか日米関係に関する批評に接続され、事実とも虚構ともつかない「私がたり」の語りによってまとめられ、批評としての透徹さを保持したまま語りの速度を増す手助けをする。

『アメリカと私』は「私的な事象」→「文明批評」→「私的な事象」という構造を全編に渡って

使っており、それらはたがいにチェーンのようにしっかりと噛みあっている。それはこの文章が「朝日ジャーナル」という雑誌に連載されたものであったこととも無縁ではない。江藤淳は漱石の小説を新聞の連載小説という初出にもどすことにより、紆余曲折を持たせた構成や描写の方法を分析してみせたが、『アメリカと私』はその言葉をそのまま江藤淳自身に返したくなるほど見事な「先へ読ませる力」を構成の妙によって獲得している。また「私的な事象」における実際の対象としての「私」と、「文明批評」をするときの抽象的な「私」とが、それぞれ言葉の使い方において別の水準に属していることはいうまでもない。ひとしく「私」という主語を使いながら言葉の水準を絶えず上下にシフト変換させ、重層的な厚みを持たせることによってなめらかな語りの駆動力を獲得し、不安定にゆれ動く「私」という駒に読み手をより一層惹きつけるのだ。

とはいえ「私」が都合の悪いところに差しかかる場合にかぎって、その宿命との対峙を忌避するように「文明批評」が挿入されることも少なくない。たとえば、アメリカ生活において自動車を購入しなくては晩御飯の買いだしすらままならない状態になるというくだりで、運転免許を所持していない「私」は交通法規の試験を先に家内にとらせて自分は後で「好きなときに練習ができる」ように計るのだが、そのことは「私的な事象」の水準ではまったく解決を与えられず、いつの間にか係争は「キューバ危機」と「人種問題」にすりかえられる。あるいは米国に着いてはじめてのホーム・パーティを家内が主宰するときは、「米国の風習によれば」それは「主婦の役目になって」いるという一般論が展開されるだけで「私」がなぜ自分で音頭をとらないのか、その理由は読み手に十分に与えられない。
つまり、江藤淳の「私がたり」の批評は「他人」や「社会」や「文明」を巻きこみながら肥え太り、それらを「私」の一部として摂取していく貪欲な方法であるのだが、語りの方法として破綻する危険性をも常にそのうちにはらんでいるのだ。それは他ならぬ「私がたり」を批評に接続するための一種の賭けであり、一行ごとに成功と不成功の岐路に立たされているといっても過言ではない。無論、それは江藤淳にとって文学的な必然性があってのことだ。江藤淳が「もしこれまでの私の仕事に何かの意味があるとすれば、それは文芸批評に「他者」という概念を導入しようと努めたことだろうと思う」（「文学と私」）と言うとき、それは次のような意味あいでいっているからだ。

わが国の私小説家達が、私を信じ私生活を信じて何んの不安も感じなかったのは、私の世界がそのまま社会の姿だったのであって、私の封建的残滓と社会の封建的残滓の微妙な一致の上に私小説は爛熟して行ったのである。ジイドが「私」の像に憑かれた時に置かれた立場は全く異っている。過去にルッソォを持ち、ゾラを持った彼には、誇張された告白によって社会と対決する仕事にも、「私」を度外視して社会を描く仕事にも不満だったからである。彼の自意識の実験室はそういう処に設けられたのであって、彼は「私」の姿に憑かれたというより「私」の問題に憑かれたのだ。個人の位置、個性の問題が彼の仕事の土台であった。言わば個人性と社会性との各々に相対的な量を規定する変換式の如きものの新しい発見が、彼の実験室内の仕事となったのである。

（小林秀雄「私小説論」『Xへの手紙・私小説論』）

「彼」とはジイドであると同時に江藤淳のことでもある。江藤淳の「私がたり」の文章は私小説に対してさまざまな意味で批評的である。江藤淳は彼の自意識の実験室において具体的な対象としての「私」の姿に拘泥しようとはせずに、水準が一段階上であるような一般的な裾野を持つ「私」の問題に、あるいは文明批評的な「私の問題」に「他人」や「社会」を取りこもうとした。それを実現するための体裁が私小説にかぎりなく近づきつつも、そこから一線を画すことができるのは、小林秀雄のいうような「個人性と社会性との各々に相対的な量を規定する変換式の如きもの」を、江藤淳が「私がたり」という方法論のなかに見いだしていたからなのだ。

帰日二世の放浪

「私」の問題における横糸の話に移りたい。

「東京新聞」や「朝日新聞」にその初出が断続的に掲載された「アメリカ通信」は、江藤淳が米国滞在中に日本へ書き送ったルポルタージュに近い体裁の文明批評だが、その「第一信」が移民問題から説き起こされている事実を看過してはならない。江藤淳がニュージャージー州のプリンストンという町で居住した家の大家はパランポオ爺さんというイタリア移民の一世で英語がほとんど話せなかった。大学町の拡張工事のために移住してきて苦労の末いくつかの家作持ちになったが、自分につらく当たった米国の社会に対して白い眼をむけていた。一方、イタリア移民二世に当たる息子は米国市民としての誇りを抱いており、故郷と国の言葉に執着し続ける父親に対しては批判的であった。江藤淳は以上のような身辺の事実とカリフォルニアで見た日系一世と二世との関係を重ねあわせた上で、米国社会に対する次のような考察を抽出している。

いいかえれば、旅行者は別として、外国人はしばらくこの国に住んでいるうちに、いつの間にか米国人になる道を歩まされている。いや在留外国人だけではなく、法律上はれっきとした米国市民たちすら、常住伏臥のうちに米国人になることを要求されている。そういう不思議な力をもった国は、世界中でこの合衆国という巨大な植民地国家以外にないのではないか。合衆国そのものが、建国以来二世紀に満たない若い国であるが、米国の家庭の平均年齢は、国のそれより若い。日本流にいうなら「二世」——つまり両親が外国籍だったという人々は、私の周囲をざっと見まわしただけでも、驚くほど多いのである。

(「アメリカ通信」『アメリカと私』)

『アメリカと私』は、江藤淳という日本語を母国語とするひとりのアメリカではまったく無名な人間が、自分の無力感を吹き払い、批評家として米国社会に自己の存在証明を刻みつけることに成功するという物語性を持っている。それが後半になると、二年目にプリンストン大学で教員として雇われたこともあって、米国社会に同化しようと奮闘する「私の姿」ではなく、自己を認知した米国社会との違和のなかに今一度「日本人としてある」ことを見つけようとする「私の問題」の方が主に描かれるようになる。『アメリカと私』が帰国後にはじめて住んだ渋谷のアパートで週刊誌の連載読み物として書かれたという経緯からも、この滞在記が事後的な視点で書かれ、アメリカの姿を語りながら「日本人としてある」ことを浮びあがらせるところに主眼がおかれていたことは明らかだ。

ところで、芸術家やスポーツ選手ならばいざ知らず、言葉の障壁が直接的に立ちはだかる文学という分野で日本人が米国社会に受けいれられることは本当に難しい。アメリカ側の見方からいえば、そこには民族・国籍にかかわらずあらゆる移民一世らが対峙する「米国人になる」という種類の社会的なあつれきが歴然とある。では、移民二世はどうか。移民二世は母国語として英語を話すという第一条件を生まれつき乗り越えているが、彼らもまた常日頃から米国人になることを要請されており、その結果、故郷と国の言葉に執着する移民一世を白い眼で見るような事態も起こってくる。江藤淳は移民ではなかったが、成功をおさめた移民一世のようになることができた希有な日本語文学者のひとりである。米国社会の内側にむきになって入りこみ、その「適者生存」の法則に居心地のよさすら感じ、米国人のような遠近法でアメリカと日本を見比べることができたのだ。本人さえ望めば移民二世のように完全に米国人になることも可能であったろう。しかし、江藤淳は日本への帰国を決意した。移民二世がより米国人になるためにみずからの起源としての文化伝統を否定するのとは対照的に、日本語というものが江藤淳のなかで大きな比重を占めるようになってきたのだ。作家の石川好はそんな江藤淳の姿勢を「帰日二世」的であるとしている。

日本から出てある種の外国体験をし、日本に呼び戻されてしまった人、そういう人のなかに、どうしても日本にすんなりなじめない――帰日二世がいる。よく日本人は安全と水はタダと思っているといいますね。でもそれだけじゃない。日本人は日本人になることもタダだと思っているんですね。ところが、帰日二世は帰日二世であるがゆえにタダで日本人になれない。日本人になることにも代価を払わなければならない。江藤先生は、日本人になるために代価を払い、日本人であろうと努力している人に見えるんです。その日本人になる代価が、アメリカと対立してみせることだとお考えになったとぼくには見えた。（『舌戦３６５０日　石川好・対談集』）

「帰日二世」は「帰米二世」にかけた造語であろう。広く知られているように「帰米二世」というのは、移民二世としてアメリカで生まれながら外国や故国で教育を受けて育ち、再びアメリカにもどった者のことだ。そうであるとして「帰日二世」を定義してみるとすれば、日本に生まれながらアメリカなどの諸外国で教育を受けて、再び日本にもどったために、生活習慣もふつうの日本人と変らないのに、日本人であると即座に素直に名乗れないような人たちのことだといえるか。俗にいう「帰国子女」が一定期間外国に居住していても日本人としての同一性やアイデンティティをおびやかされないのに対し、「帰日二世」にはどこかで同一性の確証がないので、日本人になるための努力と代価を払わなくてはならない。

江藤淳の文学が帰日二世的であるという指摘は卓見であるといっていい。伝統主義者や保守主義者がいうときの「日本」や、海外生活から帰国した人々がいうときの「日本」というものと、江藤淳における「日本」との間に明確な線を引くとしたらまさにそこにあるからだ。少し前に『アメリカと私』の批評を支えているのが「私」と米国人という「他人」の間にある一定の距離感であることを見たが、江藤淳にとっては日本や日本人ですら「他人」なのであり（「アメリカ」と「私」、「日本」と「私」を結ぶ並列助詞の「と」はアメリカや日本を突き放して対象化し距離を獲得するための記号である）、それは江藤批評が透徹さを持って成立するための必須条件なのだ。

たとえば、日本の「私」が自分も含まれるものとして日本社会を論じるときに、その描写は内的に行われるのだが、実際は日本社会の外側からの描写であるかのように扱わざるをえない。「私」はみずからが行なう認識の対象（日本社会A）の一部として自分自身を観察するが、その観察行為自体を対象のなかに注入することができない。なぜなら、そうすると対象を変えてしまうことになり（日本社会A′）追加的な観察が必要になってくるからだ。「私」が「日本社会を語ること」は必然的に〈「日本社会を語ること」を語ること〉についての言及を要請し、「私」が行なう描写は観察する「私」の再描写を必要としてそれが延々とくり返されてしまう。このようなパラドックスを回避しつつ、なお「私」が日本社会を語るためには、江藤淳の「帰日二世」のように日本社会の外側に一時的な位置をとって遠望を確保するか、虚構の「私」を打ち立てる戦略に出るくらいしかやりようがない。どうしてこのような逆説が生じてしまうのか。端的にいえば、日本の「私」は自分が日本人であり、日本社会に属するという事実に居心地の悪さを感じているからだ。アメリカという「他人」が押し入ってきたときに「私」は日本人として外側から規定されて日本人にならされたのであって、みずから進んで日本人になったことはない。そしてそのことを自覚するとき、私たちは二度ともどれない牧歌的で美しい列島の風景が、かつて存在したことに思いを馳せるのだ。

谷戸も、切通しも、神社仏閣も、鎌倉という町も、尾長も、蹲居《つくばい》の水を浴びている二羽の頬白も、それらは確かに「存在」しているにちがいない。しかし、それらすべてを抱きかかえているはずの日本という国家は、単に「存在」していると看破されるだけで、実はとうに夢まぼろしと消え去ってしまっているのかも知れない。

（江藤淳『自由と禁忌』）

苦労して「私」が日本を論じるための遠近法が得られたとしても、肝心の対象の方が空虚では致し方がない。いわくいい難い、さびしい、隙間風が吹き抜けるような寒々しい風景があるだけだ。これこそが江藤淳の批評によって看破される廃墟のような日本の真実の姿である。戦後の言語空間において日本という国家は「とうに夢まぼろしと消え去って」おり、江藤淳はこのような荒野を眺望する位置から日本人になる作業を開始しなくてはならなかった。伝統主義者が立脚するような「谷戸も、切り通しも、神社仏閣も」つまりは列島に古来からある文化というものも、たしかに括弧つきで「存在」していることは存在している。しかし、江藤淳は自分の存在を包容し、一体感や帰属意識を与えてくれるものとして、それら固有の文化を受けいれることができない。なぜならば、認識の対象である美しい日本（日本社会A）は「私」が観察をやめないかぎり、廃墟となった日本（日本社会A'）として立ち現われるのであり、むきになって生きる江藤淳には「私」の存在を抜きにして、そこからいったん降りてしまうことも判断を保留することもできないのだ。

一方で「タダで日本人になれる」と思いこみ、廃墟のなかで牧歌的な幻影を見ながら息をしているほとんどの無批判な私たち日本人にとっては、江藤淳が戦後民主主義や平和主義に対して投げかける疑念が実際よりも悲観的で否定的なものだと映るだけだ。代価を払わずに済んで来た島国の「私」たちは、戦後社会において向上の目標や価値の源泉が疑いもなく「アメリカ」が代表する欧米にあるという信念を保持してきた。「向上の程度は、アメリカと当人とのあいだに存在する距離の長短によって計測され、向上心の程度は、その距離を縮めようとする意欲の有無によって計量されてきた」（『自由と禁忌』）。つまり、私たち日本人は日本列島という地に居住しながらも、移民一世や二世のように米国人になる事を目標として掲げてきたのだ（注意しておきたいのは、この時の「アメリカ」とは現実の合衆国という国家ではなく、世界中に広く通用する価値や原理としての「アメリカ」のことである)。「米国人になる」といういい方に違和感をおぼえるのであれば、それを身近に流通している「国際人になる」といういい方にかえてみればいい。このふたつは言葉の使われ方としてほとんど等価である。国際人になることは英語を話し欧米諸国との間を行き来して、外圧によって嫌々ならされた「日本人」から「私」が一時的に脱けだすことを意味する。あるいは、かつて南アフリカの人種差別政策下で、日本人が法的に与えられた称号「名誉白人」を想起してもいい。戦後の世相において私たち日本人は「名誉白人」や「名誉米国人」になるために奮闘してきたのではなかったか。

だが、それにもかかわらず、私は自分を日本につなげているきずながあると感じる。それは、日本から私に向って来るものではない。むしろ私のほうから日本に向って行くものである。それは、要請ではなく、自発的な結びつきであり、その意味でかならずしも私を日本という「国家」には近づけない。が、決してそれは単に個人的なきずなではない。私を含みながら、しかも私を超えているからである。もちろん、それは言葉である。私という個体を、万葉集以来今日までの日本の文学と思想の全体につなげている日本語という言葉である。

(江藤淳「アメリカ通信」『アメリカと私』)

江藤淳にとって「日本人になる」ことは必ずしも現実の日本という「国家」にむかって行くこ

とを意味しない。夢や幻のたぐいに過ぎない国家などという廃墟の再建を企てたところで、所詮は愚にもつかない戦後民主主義や平和主義が国体の亡霊として立ち昇ってくるだけだ。絆が結ばれる相手は日本の国家ではない。「日本語」という言葉の方と「私」は寝るのだ。日本文学が存在するのではなく、「文学と思想の全体につなげている日本語という言葉」があり、日本語で書かれた文学があるだけだと江藤淳はいう。「私を含みながら、しかも私を超えている」という箇所は、「私」という個人の言語活動が常に社会的側面に広がりを持つことを的確に言い表している。日本人や日本社会を語ることのパラドックスを周到に避けるべく、帰日二世的な態度をとらざるをえない「私」が拠りどころにできるのは日本語というものをおいて他にない。「私」と「他人」を架け橋する批評を成り立たせる上で、交換式としての「私がたり」が必要であったように、欧米化する社会のなかで複雑にもつれた「私」の糸をほぐすためには、虚構として打ち立てた「私」という外側から「日本語」にむかって行く身ぶりが不可欠であったのだ。

ところがここに奇妙な事態が生じる。「私」が理念の上で日本語や日本語文学を見いだし、外側からまわりこむようにして近づこうとしても、実際の生活の上では「日本」は遠ざかって行くばかりなのだ。それは柔軟に身体をくねらす鰻のように、つかもうとする手をすり抜けていく。米国人になるということが実生活において何よりも「英語をつかって生活するということ」であるとすれば、日本人になることが同様の手引きで達成されてもいいはずなのだが。

だから、ヴィリエルモ氏の不幸は、氏が、人は米国人になれるように日本人になれるという前提から出発したところにあった。だが、氏が、浴衣を着、下駄をはき、銭湯につかり、日本語の本を電車の中で読むという努力を重ね、日本人らしく振舞おうとすればするほど、当の日本人は、氏の皮膚が白く、そのよく動く眼が薄青く、その髪が黒くて真直な日本人の髪ではなくて、鳶色《とびいろ》の波をうった「外人」の髪であることを意識せざるを得ない。(……)「外人」は、日本では、いわば丁重に人種差別されていた。

そうであれば、「外人」の日本での存在のしかたは、彼が無邪気な観光客であろうが、日本語の流暢な学者であろうが、実は唯一つしかないこととなる。それは、日本というプライヴェット・クラブの正会員ではない、文字通りの「外人《アウトサイダー》」の宿命を引受けて、日本と自分との間にある超えがたい距離に耐えることであった。

(『アメリカと私』)

移民社会の中の米国人はその場に生まれてもタダで米国人になれるのではない。英語を学び英語で生活し、社会において自己主張をして自分の入れる場所をつくらなくてはならない。同様のことを日本社会で試みればいつかは日本人になれるのであろうか。答えは否である。一見あおぎ見られているように見える外人も、その実はあおぎ見るという行為によって日本社会から遠ざけられ、逆差別されている。それは外見上、他と変わることのない帰日二世たる江藤淳とても同様である。両者とも「日本というプライヴェット・クラブの正会員ではない」という気持ちを打ち消すことができないまま、「日本と自分との間にある超えがたい距離に耐える」しかないのだ。

ただたしかなことは、そのとき（引用者注　母が死んでしまったとき）から私がどうも甘えることの不得手な人間に育ったらしいということだ。甘えることの下手な人間は、この日本の社会では円滑な人間関係を期待できないような気がする。甘えるということは、ちょうど子供が母親にそうするように、なんとなく自分と相手とのあいだの境界線をいいかげんにしておいて、しかもそれを特に気にかけないことだ。これに対して甘えることの下手な人間は、いつも自分のことを自分で処理しようとして、輪郭をはっきりさせすぎてしまうことになる。つまり「適者」になれないのである。

（「日本と私」『江藤淳コレクション２』）

帰朝者が日本社会において「適者」になることの難しさに直面するとき、輪郭が曖昧でなくてはならない日本の「私」の新たなる流浪がはじまる。それは他ならぬ日本人や日本社会をも「他人」として対象化するしかないような批評意識を発芽させる。であるから『アメリカと私』と同様に、週刊誌に連載された「日本と私」が、日本に帰国した帰日二世という「遊牧民」の視点から「放浪」の記録として書き起こされたことは決して偶然ではない。

この続編がさまざまな難所に乗りあげたことはある意味で当然の事であった。ここでは批評行為のための諸条件があらかじめ剥奪されており、そのため書き手のいら立ちが文章の随所に表面化してじかに伝わってくる。米国人という「他人」を後者では日本社会や家族・親族に当てはめたがために、冷静に観察するための距離や視野を確保できず「私」は泥沼のような「日本」に飲みこまれていくばかりなのだ。あわを食って「私がたり」を文明批評的な水準にまで押しあげようとしても「私的な事象」がヒドラのように書き手の足にからみついてくる。『アメリカと私』が自分の存在証明を米国社会に刻みつけていくという基本的構想を持っていたのに対し、「日本と私」では「日本人になる」という筋が推進力を維持できず、妻が全編を通じて病気や怪我をくり返して物語性を盛り立てるだけである。とどのつまり「私がたり」が批評としての臨界点を保てずに、ほとんど私小説と同質のものにおちいっているのだ。

とはいえ、そこにはすでに大きなくさびが打ちこまれていることも確かである。欧米人が日本をどのように見ているかということと、実際の日本とが何の対応関係も持たないように、日本人もまた欧米世界とは無関係な和製の「西洋」をつくりだし、その異国趣味的なイメージで自身をしばりあげてきた。「私」の我執は「日本と私」に至って、やっと明治以来の欧米文学摂取の歴史から断絶し、輪郭も行動原理も曖昧な、現実のデロリとした日本社会に直面するしかなくなったのだ。押し入ってくるアメリカの存在から「私」が自由になったわけではないが、少なくとも欧米的な自我の一面的な輸入を押しとめ、内なる西洋の軛からひと先ず解放されたとはいえるだろう。つまり「日本」における「私」の放浪は、まだはじまったばかりなのである。

II

私小説のローカリティ

西湘の蒼い海

山川方夫の二宮

二宮の海

山川方夫の小説には、横浜から相模湾沿岸にかけての海浜地域の地名や風景がしばしば登場する。ところが、その海岸は一般に「湘南」といわれるときの、陽光の照りつける開放感のある砂浜のイメージからは遠くかけ離れている。それは、人びとが余暇などに海水浴や観光でおとずれる湘南の海や、季節にかかわらずヨットやサーフィンが楽しめる相模湾のしずかな内海ではないのだ。むしろ、裸足で歩いたとしたら足裏にケガをしてしまうようなごつごつとした黒い岩場であり、はげしく波がぶつかり、おおきな波音を立てる切り立った崖であり、人が泳いだら命を失うような荒ぶる海である。

そこには、山川方夫の生涯において縁が深く、彼が小説に描いたのが西湘の海だったという地理的な要因がある。神奈川県を南北に分断するように流れる相模川をはさんで西の平塚、大磯、二宮、国府津、小田原、静岡県の伊豆半島との県境にある真鶴や湯河原あたりまでが、いわゆる「西湘」と呼ばれる海岸地域である。そのなかで平塚や大磯の浜辺には青松が生い茂り、砂礫浜が広がるのどかな風景を見ることができるが、二宮から西側では急深な海岸となっていることが多い。また西湘では、相模湾の海底谷《トラフ》にそって波浪が減衰せずに沿岸に到達するため、海岸の侵蝕が進み、河川からの砂礫の供給の減少によって砂浜がせまくなっている。そして真鶴や湯河原は、起伏にとんだ岩石海岸や岩崖の景勝で知られる。山川の文学は、このような西湘に特徴的な海のありようと結びついており、その地形や風土から文学的なエッセンスをくみあげているのだ。

それにも増して、三十四年というみじかい生涯のなかで山川方夫にとって重要なできごとは、ことごとく西湘の二宮の地でおきている。すなわち、父親の死、太平洋戦争の敗戦、少年期から青年期にかけての生活、結婚生活、そして彼自身の交通事故である。山川方夫（本名・嘉巳）が生まれたのは現在の台東区上野桜木町だが、三歳のときに日本画家の父がアトリエつきの大きな家を新築して、品川区下大崎の屋敷町に移った。その家で父母と姉ふたり妹ふたり、祖父母のほかに内弟子や女中たちに囲まれて十四歳までをすごした。父は山川秀峰と号する美人画に定評のあった日本画家で、高級住宅街に居をかまえて家族をやしなっていたことから、それ相当に裕福であったことがわかる。山川はまた、小学校から慶應義塾の幼稚舎に入り、エスカレーター式で大学までを卒業する一貫教育をうけている。大学院は学費の都合で慶應を中退しているが、その

山川方夫が住んだ二宮の家の周辺

後も文芸誌「三田文学」の編集者として活躍したことはよく知られている。

　山川方夫がちいさかった頃から、家族は毎年大磯に海水浴へいっていた。そこで父親は太平洋戦争がはげしくなってきた時期に、家族を疎開させるべく二宮の海沿いに土地を買い、そこへ家を建てることにした。その父とともに山川がはじめて二宮の地をおとずれたのは、昭和十八年のはじめ、彼が十三歳のときだった。品川から二宮までは、当時は汽車で二時間ほどかかる小旅行であり、父とふたりきりで遠くへ出かけるのは、彼にとってそれがはじめての経験だった。東海道本線の二宮駅でおりて、国道一号線（旧東海道）をわたり、海へむかって二、三分も歩くと、砂地にたくさんの松の木が生えているその敷地についた。そのとき、中学の制服に制帽をかぶった山川少年は、それまで見たことがなかったような海の光景に出くわしている。

父と私は冬枯れた萱を分けて松林の中に入った。競争して海のほうに歩いた。やがて、私はびっくりして立ち止った。そこはかなり急な崖の上で、松の枝の間から、ひろびろとした白い砂浜と穏やかな冬の波打際が、はるかな目の下に見下ろされた。……大磯の平坦な海岸に慣れた私には、それは、思いもよらぬ位置からの眺望だった。

松の枝ごしに見える眼下の白い砂浜には網が干されていて、白いシャツを着た赤銅色の皮膚の老人がただ一人、皺ばんだ脚であぐらをかき、うつむいてその網を直していた。目を上げると、水平線がちょうど額の高さに横にのびて、そこに、厖大な海が動いていた。

何故か、私は急にこわくなった。が、海から目をはなすことができなかった。

(「最初の秋」『安南の王子』)

山川方夫の父親が買った土地は海のすぐ近くで、崖下の砂浜までつづく千二百坪の広い土地であった。砂地に赤松が群生し、大きな波音がきこえる場所である。ここで山川少年は、幼少の頃から通いなれた大磯の砂浜とちがい、崖上からの相模湾の広さに恐怖をおぼえたと書いている。それが本当にそのときの実感だったのか、それとも大人になってから記憶を整理した上で再現された少年時代の心理なのか、事実関係はさだかではない。だが重要なことは、二宮の土地とその厖大な海が、のちの山川の小説のなかにくり返し登場することになり、その浜辺や海の光景にいくえにも文学的な象徴をぬりこめていったことのほうだ。なぜなら、父とふたりきりで過ごした数少ない記憶に支えられた、西湘の海との最初の遭遇で「こわさ」にすぎなかったものが、しだいに男女の愛や人間の死といった観点から存在論的な深淵を与えられて、西湘の海景が山川の文学のなかで本質的な部分を担うようになっていくからだ。戦火がはげしくなるなかで、二宮の家が建つと父親がまずアトリエを移し、昭和十八年の八月には新居に山川ら家族も疎開した。

その二宮の地において、山川方夫は戦争だけではなく家族の不幸も経験することになった。山崎行太郎著が書いた「遠い青空——山川方夫の生涯」には「その夏、父は一回目の脳溢血の発作に襲われている。その結果、絵がかけなくなり、ノイローゼ状態になっていた。そして、即座に、稼ぎ手を失った一家の経済問題が発生した。母親は金策に駆け回らなければならなかった」とある（『すばる』一九九六年三月号）。それに追い打ちをかけるように、十一月にはアメリカのB29の編隊による東京空襲があり、父の絵の多数が失われた。幼少時代の裕福な時代から、山川家の家運は急速にかたむいていくことになった。そして、彼にとって人生最大の事件が翌十二月に二宮の家でおきた。

私の隣では、父が蒲団から首だけ出し、むこうを向いて寝ていた。私はまた睡った。そのころ、病弱で中学の勤労動員からも外されていた私は、好きなだけ睡るように、と母からいわれていたのだった。

私が次に目ざめたのは、そろそろ十時に近い時刻だった。私は隣の父を眺め、その父が、さっきからすこしも姿勢を変えていないのに気づいた。そういえば昨夜中、父はものすごい鼾をかいていたが、その鼾も聞えなかった。私は半身を起こして、父とその蒲団とをみつめた。(……)自分の目に、父が、その蒲団が、完全に静止しているとしか見えないのは、錯覚に違いないのだと思った。が、同時に私は飛び起きると、父の上半身を抱えあげた。二度、大声で父を呼んだ。

その声に、隣の茶の間から、祖父が襖を引き明けて走り寄った。

「……お父様、死んでる」

(「最初の秋」)

このとき、母親は下大崎の家へ出かけていて留守だった。「最初の秋」という短編小説では、十四歳の「私」が、いざというときには役立たない祖父と泣きじゃくる妹ふたりをおいて、母親に父の死をしらせるために二宮駅から東海道本線に乗りこむ。「自分に涙がないことにすら、気がつかなかった。私はただ、車内の人びとに目をうつすたび、いま、ぼくの父は死んだところなんだ、ぼくは、それを母に知らせに行こうとしているんだ、と意味もなく大声で喚きたい衝動にとらえられた」。そのようにして、彼は品川まで電車のなかで立ちつづけた。当時、下大崎の家は遠縁にあたる陸軍少佐に貸していた。引っ越してから半年しか経っていないのに、十年ほど住みなれたわが家が他人の家にかわってしまったという感覚をもち、「私たちの家、それは、もう「二宮」にしかないのだ」と思う。ひとりで五反田の家まで帰った経験、その家がすでに「わが家」

ではないと実感したことは、裕福な家で体の弱い少年として育った幼少年期との訣別を示唆している。

ひとりで二宮から東京へむかう東海道線の車内という空間は、その後の山川方夫には、慶應の普通部や大学へかよう片道約二時間の通学手段となるものだった。戦後すぐの時期にこの移動時間をつかい、二宮の貸本屋や二宮在住の劇作家で恩師の梅田晴夫の蔵書から借りて、彼はあらゆる種類の本を乱読した。つまり、湘南電車は小説家としての彼を育成する読書のための時空間となった。「最初の秋」で早すぎる父の死に対して、凛とした姿勢で対処しようとする十四歳の少年の立ち姿は、長男として家を支えなくてはいけないという痛々しいまでの家族への責任を感じさせる。一方で、湘南電車の車内で文学作品をむさぼるように読む少年の姿は、家や家族というものから一時的に解放された育ちざかりの自由な精神を思わせる。湘南電車のなかの相反する両者のイメージは、ともに若き山川方夫の外面と内面を象徴し、彼の文学における原風景を形成している。

このように、西湘の二宮という土地は、山川方夫にとって人生のなかの一大事、つまり戦争による疎開、実家の零落、父の死の記憶とわかちがたく結びついていた。そしてまた、その父の喪失と、軍国少年がそれまでの祖国の価値観をうしなった後に、その喪失感からの回復をはたしたのもこの土地においてだった。少年時代に暗い実存の底を見てしまった視線の先には、つねに二宮の崖下にある蒼い海があったのだ。後年、大人になって結婚し、妻と二宮に居をかまえた「私」

は、はじめて父とふたりきりで二宮の地をたずねたことを思いだし、この崖上から同じ海景に視線をむける。

私は、庭の海寄りの端に立って、ひろい砂浜を見下ろす。ここは、いつか父が私の肩に掌を置いてくれた場所だ。（……）海は美しい藍色に輝いている。が、白波が立ってすこし荒れ模様だ。空は申し分なく高く晴れて、青い。私は、一人でここから海を見つめていた自分を思いおこす。少年のころ、私は、よくここに「一人きりの自分」になりにやってきたのだ。

私は父を追憶していたのか？　そうではない。私は、曇った国府津の冬空の中に横にながれ、這うような、刷かれたような濃淡の煙になって溶けて行った父みたいに、そこから見る空や海の中に、自分を消滅させたくて来たのだった。いわば、私はそのたびにそこに死ににきたのだ。そして、私は、そのことをたぶん、自覚してもいたのだった。

（「最初の秋」）

少年時代の山川方夫は、自分を消滅させたくて、死にたくて、西湘の海景を見ていたという。それは父の早すぎる死に対するエディプス・コンプレックス的な罪悪感や、自己処罰の意識だったのか。そうでないとはいえないが、ここには何かちがった心のニュアンスが読みとれる。少年の彼は、父とはじめて二宮にきたときに海をながめた場所に何度もたたずんだ。この後で「「一人きり」の、つまり屍体の安息と清潔とを求めて。いまも目の前に聳えている海、この巨大な藍色の、一刻も動くことをやめない水の堆積の中には、おそらく、無数の私のそんな屍体がゴロゴロところげている」とつづく描写には、何か尋常ではない暗さが宿っている。東京、横浜、湘南、西湘を主な舞台として、都会や郊外でくらす若い男女の孤独や愛のかたちを戦後の風俗をまじえながら書いた山川が、なぜ二十歳前後に小説を書きはじめた当初から「自殺」と「心中」のモティーフにこだわったのか。そこを考えなくては、この小説家が西湘の海に見たものはわからない。

山川方夫の宿痾と死

中島敦、梶井基次郎、北条民雄……。思いつくままに作家の名前を挙げていき、その後に山川方夫の名を連ねようとして、わたしはふと口をつぐむ。「夭折した作家」の列において、山川という人の像がうまく焦点を結ばないのだ。夭折した作家は実力以上に注目されたり早すぎる死が美化されたり、その人生が神話化されることも多い。作家のみじかい生の軌跡がその作品のなかに凝集されてあると、わたしたちが思いたがるからだ。山川に関してはどうか。たとえば、彼が二十七歳の時に書いた「日々の死」という自伝的な長編小説の「ふと交通事故にあった自分を空想してみる箇所」が、彼の実際の死のありさまと似ているからといって、そこに何か寓意を読みとることは妥当であるのか。

突然、彼は屍体になった自分を空想した。……バスが衝突する。窓硝子が割れバスはみっともなく顚覆して、道路にころげ落ち俺は醜く唇をひきつらせる。空をつかみそのまま白眼を剝き、あとは夕暮の近い梅雨空が俺をみつめ、白い埃りを運ぶ風に吹きさらされ俺は頭から血を流しころげている。なまなましい、この仔牛の鼻のようなただの肉塊、俺は無感覚な、生命のない肉塊となり唇をあけた一箇の醜悪な屍体になる。俺は今にもそれになれる。なって差し支えないのだ。なれない理由こそが俺にはない。俺は枯れた草のような色の肌を硬くし、腕を曲げたまま人びとに扱われる意味のない重みとなり、人びとは俺を裸にして一応傷をしらべ煙草を吸う……。

いやだ、死んで行くのなんていやだ、死ぬのなんて御免だ、喉の奥に叫ぶような声が上り、河合はさらに頰が熱く、さらに漲るように赧らみ出す自分がわかった。

（「日々の死」『山川方夫全集第二巻』）

「日々の死」の結末近くの部分である。この小説の主人公の「河合」は、先輩の原という民間放送のプロデューサーから、ラジオドラマの脚本を書く仕事をもらっている。河合はラジオ局の仕事にむかうためにバスに乗る。交叉点でとなりに停まった小型トラックの青竹の籠から、うす桃色の汚れたものがふいに突きでたのを見て、彼はひどくおどろく。それは仔牛の鼻であった。河合はとうとつに目の前にあらわれた「肉塊」に、どういうわけかはげしい羞恥心をおぼえて、突然彼の乗っているバスが衝突事故を起こし、路上にころげ落ち、醜い屍体になる自分を空想するのだ。

たしかに小説のこのくだりと、山川方夫の命を奪った実際の交通事故には似ているところがある。それは、小説家として油が乗りきろうとする矢先のことであった。山川は前年の一九六四年一月に「クリスマスの贈り物」で直木賞候補、七月に「愛のごとく」で芥川賞候補になっていた。五月には生田みどりと結婚式をあげて、二宮の家を新居とさだめた。あけて一九六五年二月十九日の昼のことである。坂上弘が執筆した全集の年譜によれば、「山川は郵便を二宮駅前の郵便局や二宮駅の鉄道便受付で出す習慣がありその帰り道であった」。駅前にある国道一号線の横断歩道を渡っているときに、小型トラックにはねられた。享年三十四歳。結婚してから、まだ一年と経っていなかった。一九三〇年生まれだから、生きていれば八十代なかばであり、現在も健筆をふるっていた可能性もある。病院にかけつけた文芸評論家で友人の江藤淳は、そのときのことを次のように記している。

> 二宮病院は松林のなかにある木造二階建の病院で、山川の病室は一階の渡り廊下の奥にあった。なかからは異様な呻き声がもれていた。重態だといっても、果してどの程度の容態なのだろうと案じていた私は、そのときまったく絶望的になった。ドアを開けると意識のない山川がベッドに横たわっていた。というよりは、頭部をことごとく白い繃帯におおわれ、間断なくふいごのような音を立てているものがあった。それをみどりさんと、母堂と、お姉さんの三人が

とりかこんでいた。つまり、彼がそのために生き、それによって傷ついて来た家族というものが、そこにはいた。

（江藤淳「山川方夫と私」『山川方夫全集第七巻』）

このように山川方夫の小説の内容と彼の交通事故をならべて、そこに象徴や悲劇を読むことはむずかしくない。たとえば「日々の死」にある「いやだ、死んで行くのなんていやだ、死ぬのなんて御免だ、喉の奥に叫ぶような声が上り……」という独白の部分を、江藤淳のエッセイにおける「頭部をことごとく白い繃帯におおわれ、間断なくふいごのような音を立てているものがあった」といった一文と比較することができる。あるいは、江藤が別のエッセイ「日本と私」で、同じく山川の臨終について書いた描写「呻り声が冷い、人気のない廊下に轟きわたっている。（……）いま自分の皮膚からぬけ出し、耐えていたものをすべてかなぐりすてて、闇のなかで咆哮している」という部分と照応すれば、何らかの意味を抽出することができる。だがそのように山川文学を論じることに、わたしはいささかの抵抗をおぼえる。たしかに山川は「私の死」を突きつめて考えた作家であるが、彼が肉体的に死んでしまったことと、長編小説「日々の死」に織りこまれた「死」というものの内実に大きな開きがあるからだ。

「日々の死」は三人称の自伝的な小説である。敗戦から数年を経た東京を舞台にして、「河合敬之」という大学卒業を目前にひかえた青年の生活を描いている。そこにときどき、疎開先だった二宮の家の記憶がはさみこまれる。対外的には、当時の社会風俗を背景にした河合と大学の仲間たちとの交遊関係があり、対内的には、長男であることによって彼が抱えている家族との関係、そして叔父一家との消耗するようなやりとりがある。そして先輩の原との交友とラジオドラマの仕事があって、後半では、原をとおして知り合うことになった悠子という女性との恋愛のいきさつに多くがさかれている。これらのことは、小説のプロットを駆動する登場人物と人間関係にすぎない。「この作品のテーマは、いわば私の「自殺」であり、私は主人公を、執拗に、洗いざらい、とことんまで殺してやるだけのために書いた。私は、何よりもまず、そういう自分自身の必要のために書いた」（「後記」『山川方夫全集第六巻』）と山川が説明したことからもわかるように、作者が語り手である河合を死へと追いつめていく過程のほうに主眼がある。

「日々の死」がきわ立っているのは、それが山川方夫の唯一の自伝的な長編小説であり、商業誌への登場を用意した作品であるからだけではない。彼の小説のなかで純文学として評価が高いのは「家族もの」の作品だが、そこへといたる道をひらいたのは、はじめて自分の家族やまわりの人びとを書いた「日々の死」である。この小説以降、物語の間隙に噴出する暴力的な言辞や饒舌な独白体はなりをひそめ、「演技の果て」や「その一年」といった充実した作品を発表していくことになった。江藤淳は、没後三十年に組まれた文芸誌の対談でこんなことをいっている。「山川方夫という人は、日々死にながらというか、日々死を思うだけじゃないんだな、ある意味じゃ、日々死をくわだてながら三十四年間生きていた人だったということがわかった」（対談「孤独の深淵をみつめて」江藤淳＋桂芳久、『すばる』一九九六年三月号）。江藤はこのときまで山川がどうして自分の長編に「日々の死」というタイトルをつけたのか、本当の意味ではわかっていなかったということ。この小説を評価することのむずかしさを吐露しているのだ。

私は猥雑である。私は欺瞞である。私は卑劣である。私は殺意である。私は汚れている。どうやら、私はクソ真面目なくせに頭の悪い凡才、しかも理不尽な一つの不愉快であるにすぎない。私はそれを否定することができない。私は暴力であり、私は醜悪であり、私は不潔である。私はそれを承認した。私は、そして私がこの日本、この現在にしか属していないのを承認した。もう、私は架空な出発にはあこがれない。私は、私の機会が厳密にここにしかないことを確認した。

（「灰皿になれないということ」『山川方夫全集第六巻』）

シンポジウムでの山川方夫の発言をまとめた「灰皿になれないということ」は、「日々の死」という小説を解きあかすためのかっこうの材料である。山川は「日々の死」を書くにいたった背景にある、独自の創作論と思想をここで直截的に表明している。一方で「灰皿になれないということ」における山川の激越な調子は異様にもうつる。彼の肖像写真を見たことのある人ならば、このはげしさからは想像することもできない作家の柔和な容姿を知っているであろう。若いのに禿げあがった額、人なつっこそうな目、人あたりの良さそうな口もと、慶應を幼稚舎から出ている育ちのよさがうかがえる顔つきや服装。あるいは彼の都会的で洗練された短編小説やショート

ショートの読者であるならば、同じ作家のどこから「私は暴力であり、私は醜悪であり、私は不潔である」というような毒気をふくんだ言葉がでてくるのかと不思議に思うのではないか。

前出の対談で「三田文学」時代から山川方夫をよく知っている作家の桂芳久は「彼は徹夜なんかするといけないいんだよ。それも話が弾んで、酒飲んで。そして、行くところがないから日吉へ行こうかなんて行って話してたら発作を起こしちゃったんだ」と、彼の宿痾だった癲癇の発作に出くわしたときのことを証言している。興味深いのは「あの間というのは完全な死なんだね。だから、彼は非常に死ということを意識するんだよ。そして、よみがえったときに、何か新しい再生というような」ものがある、と桂がきわめて現実的な解釈をしていることだ。それを踏まえて江藤淳が「それで、そういう可能性を抱えているということが、また死なんだね。そして一日一日生きているというのが一日ごとの死の可能性なんだ」と山川文学における「日々の死」の意味を抽出している。

幼少年期にこの病気がもとでひっこみがちな少年となり、青年に成長してからもそれを理由に就職をあきらめたくらいだから、山川方夫にとって癲癇は深刻な問題であったのにちがいない。山川は自身の宿痾について小説でもその他の文章でも直接にはふれていない。よほど繊細な問題であったと見えて、彼が亡くなる以前にそのことを書いた人間もいない。癲癇に関する彼自身の言葉は、旧友からの伝聞というかたちで残っているだけだ。「発作が起きている最中は、なにもわからないんだからいいんだ。しかし気がついたときのぶざまさといったらないんだ。とてもこの気持は説明できるものじゃない。だからぼくは、普通部のころから作家になろうと思っていた。才能があろうがあるまいが、それしかなれるものがないと思ったからだ。ぼくのところには、習作がもう行李に二杯ほどもたまっている。自殺も何度考えたかわからない。何度やりかけたかわからない」と江藤淳の「山川方夫と私」にはある（『山川方夫全集第七巻』）。

山川方夫が癲癇持ちであったことが意味をおびてくるのは、彼が書くことを目ざした一因に宿痾があったという本人の証言を得たときである。どこの誰がドストエフスキーの偉大なる精神や彼の長編小説群を、彼が癲癇持ちであったということに帰するだろうか。病気は生理的身体的に人間を条件づけるひとつの現実であるにすぎない。わたしたちは、その病気に対して山川という作家がどのように対峙し、自身の文学的な課題として内面化していったかに目をむけるだけである。

……が、ときどき死の魅惑が、私をおそう。私は、死にたい願望が、ときに一つの抒情的な気分の衣を着て、やさしく私をとらえるのを告白する。また、氾濫する他者たちの圧力に閉じこめられ、私が一つのヒステリー状態に駆りたてられることもよくある。——私は焦立ち、やけくそで他者を黙殺して、閉ざされている自分の底を乱打する一つの盲で聾の嫌悪になる。私は完全、純粋な自分というイメージを、まるで一つの安らぎのように求めるのだ。でもそんな孤独とはじつは「死」の異名であり、やはり私は他者たちのあいだで生きているのでしかないのだ。……たぶん、そこで私の生理は他者たちからの逃避に私を走らせ、「障害的な外界刺激に対する本能的な防禦反応」としての「運動乱発」——つまり昆虫や魚のそれと同じようなヒステリー症状の一つが私に生まれるのだ。
（「灰皿になれないということ」）

ここで「ヒステリー状態」「私の生理」「本能的な防御反応」「運動乱発」といわれている発言の裏側で、病気のことが念頭におかれていることはまちがいない。山川方夫という作家のイメージが明確であるようでいてわかりにくい点、「日々の死」という青春小説のありふれているようでいて非凡な特徴は、核心にふれそうでいてふれずにいながら、周囲の軌道を延々とまわりつづける仮装された文体に起因している。それは「灰皿になれないということ」にも如実に表れているように、彼がおのれの宿痾を直截的に告白することのかわりに、「死」という言葉に二重三重もの意味を付与していき、それをふくらませて仮装する道を選んだからである。傍目には観念としての死をもてあそぶ青年作家の児戯にも等しくうつるかもしれないが、実際に「死」は彼にとって日々意識せざるをえない、生理的身体的な条件を押しつけてくるで、ろ、り、とした脅威であった。

私はしばしば彼に、病気について自分でそれを書くようにすすめたことがある。癲癇が病気なら結核も病気である。社会生活上の必要が宿痾を隠すことを要求するとしても、病気を隠し、「平凡さ」を演じる技術に全力を傾注しているような生きかたはやはり甘えの一種である。いくら隠していても肺病やみがすぐみやぶられるように、どれほど「平凡さ」を気取っても宿痾を背負っている者の異常さはすぐわかってしまう。それならなぜあえてそのことを作品に書き、宿痾に直面し、それがひとつの病気にすぎぬことを見きわめようとしないか。そのとき山川は宿痾から解放され、社会や他人と自分との関係をつかみ直すことができるはずではないか。

（江藤淳「山川方夫と私」）

江藤淳は山川方夫の死後、右のような文章を書いたが、没後三十年になって自分の読みちがいを訂正している。「日々の死」という題は山川にとってありのままの現実を表していたのかもしれないというのだ。わたしの考えでは、山川にはまず癲癇という宿痾があり、そのことを秘匿して仮装し、包み隠そうという意識的努力が「日々の死」の文体の素地をつくりあげた。次に、現実に拮抗しようとする言葉の力の凝集が、作家にとっての「死」を観念や認識にまで高めていく。そこまではいい。だが、その続きがあったのだ。山川は現実生活において死を意識させる諸々のものと観念や認識にまでいたった死を、「日々の死」という小説において、日々くり返し死んでいくだけにすぎない日常の物語のなかにふたたび綜合し、自己の全体性として回復しようとしていたのではないか。

江藤淳は、山川方夫が二宮駅前の交通事故で亡くなったときに、前出の「日本と私」で「なぜ悔恨というものは、すべてが終ってからでなくてはやって来ないのだろう。なぜ人はこうあるべきだと知っているはずの人生を、これほど拙劣に生きなければならないのだろう」と書き、友人としてだけではなく、その才能と努力を完全に開花させることなく終わった夭逝の作家としての山川を悼んだ。ところが、没後三十年の対談では前言をひるがえして「何だか山川方夫という人は全部言い尽くして死んだのかなという感じもする」としている。この江藤の感想は「日々の死」を皮切りに「海岸公園」「愛のごとく」「最初の秋」「展望台のある島」へとつづく一連の家族ものが、山川という作家がもっていた可能性を表現しつくしたものだと考える、わたしの評価と一致する。

ここで鍵になるのは、やはり「日々の死」をいかに読むかということだ。もしこの小説が癲痫という宿痾を隠し、平凡さを演じる技術に力をそそぐような生きかたを描いたものにすぎないのであれば、山川の生涯はその文学的なすべてを出しつくしたものとは到底いえなくなる。だがしかし「日々の死」という小説を、自伝的な家族小説と、自死や心中をテーマにした愛の小説に分岐する直前の重要な小説としてとらえるならば、山川文学の別の全体像が浮かびあがってくる。そしてそれは、宿命のようにつきまとう二宮の西湘の藍色の海景というものと、奥深いところで関わっているのだ。

自死と心中

山川方夫が東京での大学時代を描いた「日々の死」に、ときどき差しはさまれる二宮の光景がある。そのなかでも、もっとも鮮烈な印象を残すのは、戦時中の疎開先の二宮の家でアメリカ軍の襲撃を受けたときの回想の場面だ。そこにはすでに「自殺」と「心中」のイメージが、山川方夫という作家に独自のかたちで像を結んでいる。

河合は疎開先の、町外れの海岸の一軒家で妹の洋子の白服を目標とした艦載機の猛烈な銃撃を受けたときの、あの記憶が忘れられない。河合は井戸端に走り出して、妹を抱え座敷に倒れこんだ。雪崩れるように姉たちが上に折り重なり家族は一塊りになった。

そのとき、河合は抱きあった叔母や姉の身体に、はじめてありありと他人を感じていた。壁の落ちる土埃りの中で、河合は密着しているこの皮膚が死んでも、俺は死なないのだと不思議なことのように思いついた。「これお兄ちゃん！　お兄ちゃん！」

母の制止の声も聞かず、河合は黙ったまま家族をはなれ、一人隣りの部屋で仰向けになり、長々と大の字になった。旋回して執拗に近づくグラマンの快調なエンジンの響きを聞き、彼は弾丸が、いま俺の胸を、脚を射抜くかも知れないと、目をひらき天井をみつめたまま、先廻りしてあらゆる感覚をすみずみまで感じ直していた。たしかに、そのとき彼は自分が一人の人間であり、それ以上でも以下でもないことを、ある限りの感覚で実感した。彼以外のすべてが「他」なのだった。

（「日々の死」）

「河合」という三人称にたくされてはいるが、ほとんど自伝的な素材だと考えてかまわない。父を疎開先でなくした河合は、ここでほかの家族ともども命をうしなってもおかしくない状況だった。ところが、母や姉や妹と重なりあって密着して一緒に死ぬことよりも、家族からはなれてひとりで死ぬことのほうを選ぶ。十代なかばにして家族の面倒をみなくてはならない長男の河合だったが、銃撃の下で死を意識したとき、ひるがえって家族も他人であり「自分が一人の人間」であることを実感する。ひとり部屋の中央で大の字になって銃撃へと身をさらす河合の姿は、「最初の秋」で「私」が少年のころ、自分を消滅させたくて「一人きりの自分」になるために海景を見おろす崖上にきたときの姿と重なる。二宮の藍色の海には、早すぎた父の死の経験や、癲癇をおこしたときのおのれの仮死状態のみならず、戦時中に家族からはなれて一個の死をもとめたときの経験の暗さが反映されているのにちがいない。

「日々の死」のみならず、短編小説の「バンドの休暇」や「安南の王子」など、初期の作品から自殺と心中がテーマとして表われている。そこには肉体的に死ぬことやその死を覚悟するといった現実味は希薄であるが、だからといって、山川の自殺や心中に対するこだわりがいい加減なものであったのではない。山川は大学二年生のころ、実際に彼自身が自死や心中をしてもおかしくない、生活苦にあえぐ家庭環境にあったという。決して思いつきや気まぐれではなく、現に一家心中の夢を見たり、自死を実行に移そうと考えたこともあったようだ。それは異様な緊張感のある文章で「日々の死」に書きこまれている。

……一家心中の夢を見ていたのだ、と思う。その記憶が、風景を覆う濃い霧のように次第に湧きあがり動き出して、彼はそれに気をとられた。理由はわからない。だが、家族ぜんぶがそれを決めたときは、気の早い長姉はすでに蒼ざめて倒れていた。「これやさかい」と母が笑いかけた。……それから母と次姉とが死に、妹があわてて死に、同じ毒を噛みながら彼だけが死ななかった。固く不自然な形に手脚を屈伸した、一家の女たちの塑像が転げている狭い母の部屋をはなれ、彼は一人だけ廊下に仰向きに倒れていた。

一人だけで死の到着を待っていた夢の中のその自分は、家族という巣の、母の、同類の、それらの匂いのような何かへの、かくされた嫌悪を証しているのかもしれない。(……)あのとき、何故か「死」は、もう何の魅力もなかった。死はいやらしい、現実と同じ平凡な睡りにすぎなかった。……急に、夢に現われなかった父がうかびだした。あの冬、まだ泣いている母をさしおき、蠟いろの死顔に白い布をかけたのは十四歳の河合だった。蠅がくるのに厭な気持ちがした。蒼ざめてこけた頬が口蓋にへばりついて、おぞましい、それは父の贋物にすぎなかった。

(「日々の死」)

この小説中の文章が、どれだけ実体験に基づいたものであるのかはわからない。確実にいえるのは、山川方夫にとっての心中が、男と女がたどりつく情死ではなく「一家心中」というかたちで意識されていたことである。敗戦中に二宮の家で「河合」の家族が銃撃されたときと同じように、夢のなかの一家心中でも、河合はひとりはなれて死のうとしている。その死の経験は、父の葬儀の情景と深いところでつながっている。

前述のように、父親の急死の前後から裕福な生活をしていた山川家は零落した。一九四八年、山川が十八歳のときの年譜には「一家の経済は苦しく、母綾子は下大崎の家の画室をそのまま使って、東洋電機株式会社の寮として貸席風の仕事を始める。焼け残った広い画室は重宝がられ、画商の集りにも使われた。母が切り盛り役で、料理人を使う生活の変化に、嘉己は抵抗を感じたが仕方のないことであった」とある。母親が子どもたちに苦労をかけたくないという考えの持主であったので、山川はその後も慶應へ通いつづけた。また一人息子だったから、家長として振まわなければならない場面がしばしばあった。山川が表立って母親や家庭のありように反抗した形跡はないが「家族という巣の、母の、同類の、それらの匂いのような何かへの、かくされた嫌悪」は腹の底にあった。

その他あらゆる友人や親族たち。たぶん、その中で俺はまた姉を見合いさせやがては姉妹をかたづけ母を葬送して、そうして叔父や叔母たち、悠子を断念したように自分に貼りつく不愉快を一つ一つ切り離して、他人への感動を、感覚を、一つ一つひっそりと皮膚から追放して行くのだろう。未来とは、俺がそれらあらゆる知人たちの一人一人に、その「恐怖」に、一つ一つ無感覚になって行くことの予想でしかない。自分が日々そのような死を重ねて行くことの過程、自分が枯れ、自分が化石して行く経過としての日々の予想でしかない。俺は、その俺のルールをしか生きることができない。その他にはどんな生き方もできないのだ。（「日々の死」）

自死について考えたり、一家心中の夢を見たりした後で「河合」は肉体的な死をあきらめて、現実を引き受ける決意をする。それは身体的な宿痾におびやかされることと相まって、毎日毎日死を重ねていくような「日々の死」を生きるしかないという山川方夫に、独自の倫理を生みだした。心底では嫌悪の対象ですらある五人の身内の女たちを引き受ける代償に、自分は生きる屍のようになってもかまわないというのだ。ここには大げさな自己犠牲もなければ、悲劇の物語もなく、悲劇の主人公もいない。これはもっとも現実的で、深いため息の出るような「家族愛」のかたちだといえる。

実際の山川方夫という人物が物腰のやわらかな、人あたりのよい雄弁な社交家であったという周囲の証言は、彼がもっていたこのような自己倫理とは矛盾しない。身内の女たちへの愛情ややさしさがなければ、家長としての責任から逃避することもできたであろうし、「日々の死」を選ぶ必要もなかったからだ。そのような倫理をはっきりと意識化し、形成できるようになったのは他ならぬ「日々の死」という小説を書く行為をとおしてであったのではないか。そこで山川が手に入れたのは、ひとりの人間が「一個」としてあるという確固たる考えであった。

一家心中と聞いて、永井龍男の「青梅雨」という短編を思い浮かべることは的はずれではない。だが、山川方夫が感心して読んだのは「青梅雨」ではなく、サラリーマンの自殺をあつかった「一個」という短編小説のほうだった。「一個」の主人公は、佐伯という名の定年退職を二ヵ月後にひかえたサラリーマンである。佐伯は紹介状を片手に定年後の就職をさがすが、うまく見つからない。ある夜、帰宅途中の電車のなかで、白いつり革に手をのばしている嬰児に彼は天使の姿を見てしまう。老妻は嫁いだ娘のところに呼びだされていて、帰宅した家には誰もいない。夜中にふと目をさますと、柱時計の振り子の音がしている。それで佐伯は定年がやってくる日の恐怖を呼びさまし、ふるえる手先で振り子を止めると、催眠剤をあおいで自らの命を絶つというストーリーである。

山川方夫はこの「一個」という短編小説に短評を寄せている。日頃から山川は、永井龍男の小説がその時代やその社会の風俗から離脱せず、そこにリアリティを発見していることに感心していた。その反面、練られた風俗描写に魅せられることで読者が突きはなされ、完全で潔癖な作品を一方的に提供される分だけ、その小説が「美しい陶器のように孤独」でしかないことに不満を感じていた。ところが「一個」を読んでそうした印象は吹きとんだ。「そうして一個であることを完成する。一個とは、一つの死なのである」と山川は強調し、永井がサラリーマンの自殺をとおして人間存在の内奥をえぐったことを賞賛する。「なぜなら、主人公が死により一個を完成するこの作品こそ、それまでのうわぐすりのかかった陶器に似た、やや趣味的な「もの」の感触をあたえた氏の作品群とはことなり、逆に読者の参加をゆるすものだからであり、その理由は、氏がこの作品において、氏だけが所有する内部に言葉をあたえたからである。風景を氏の皮膚の外側に定着せず、氏が、あきらかに氏の内部だけに忠実だからである」と評している（「永井龍男氏の「一個」」『山川方夫全集第六巻』）。

私見では、山川方夫が「一個」に読みこんだ批評は、彼の「日々の死」以降のひとつの系譜、つまり自死や心中をテーマにした虚構的な小説（「海の告発」「画廊にて」「ある週末」「赤い手帖」「カナリヤと少女」「他人の夏」「月とコンパクト」など）の発生の鍵をにぎっている。つまり、風景を皮膚のような表面に定着させるだけではなく、それを書き手自身の内部に忠実なものとすることだ。ここまでくれば、山川が西湘の蒼い海に見た深淵にだいぶ近づいてくる。永井龍男の「一個」という小説のあり方を批判的に継承するところに、山川は自分の文学のひとつの可能性を見いだしていた。それはいわば、戦後の社会風俗のなかにおいて、東京や横浜などの都市部や、湘南や西湘などのローカルな郊外でくらす者が見る心象風景を描いた作品である。

都市や郊外の生活者は「一個」であることを妨げられた、断片的な日常を生きるしかない存在である。共同体からは断絶し、その価値観からも切れている。会社組織のなか、学校のなか、家庭のなか、その他のさまざまな小集団や人間関係のなかで、それぞれの場所を移動しながら断片化した生を営むしかない。都市のスピードと資本主義社会のダイナミックスにおいて、それに適応するために人格は分裂的になる。そのことの不安に抗して「一個」としての生を完成するには、死ぬことで個としての自己を完成する方法くらいしかない。山川の目に、自殺や心中が主体的な何かとして魅惑的に見えてくるのは、そのような理由からだ。他方で、都市や郊外の生活者はそれ以前の家や共同体のしがらみから比較的に自由になり、ひとりきりの充足した時間を享受できるようになった。孤独な生活者の目に映じる風景、彼や彼女の記憶やイマジネーションの世界を「日々の死」以降の山川は、湘南や西湘の具体的な風景に溶けこませるようにして描いたのだ。

西湘の海、江ノ島の浜

都市や郊外の生活者の日常を描いた小説において、山川方夫が切りひらいたのは、独特の「愛の認識」である。それは山川が「日々の死」を書いたときから、彼の文学的な血肉となっていた。「「愛」とは、血のつながりの濃い肉親たちに感じる、あの遁れようのない確実ないやらしい重たるい連鎖の関係、相手が自分の中にもいる責任とか負担のような気持ちで、そんな重荷は強いて他人たちに求める気にはなれないのだ。（……）彼は誰とも「愛」の関係に陥らないのを心の隅でねがっていた。考えることは見ることで、見ることはしりぞけることに思える。「愛」について思うことは、いわば「愛」されることとの闘いのような気がした」とある（「日々の死」）。山川にとって愛とは、まず何よりも肉親に感じる、のがれようのない重たるい関係である。その家族愛のあり方をまっとうするために、彼は他人への感情を断念し、不愉快な癒着を一つひとつ皮膚から追放していくしかなかった。それが「日々の死」を生き抜くための孤独のルールであり、自己倫理であった。
そのような人間は、他人としての女性を愛することの不可能性に直面せざるをえない。彼にできるのは相手をしりぞけて、他人に愛されることによって新たな重荷を背負う危険性をあらかじめ回避することくらいである。「日々の死」の中盤から後半にかけての物語は、主にバーではたらく悠子という女性との恋愛と、その愛の終わりを描いている。「悠子とのことに「愛」という言葉を使ったことはなかった。なにか「愛」ではない気がする」と主人公の河合は自分を説得する。彼女に強く惹かれているからこそ、その生々しい現実の他人に癒着される前にみずから別れを切りだすのだ。

たとえ誰に嘲けられようと罵られようと、屈辱や嫌悪なしに女を抱くことは彼にはできなかった。それをごま化すことができなかった。しかも悠子にはその行為はべつの意味をもって、彼の屈伏の歴史は悠子には「愛」の歴史となり、彼女は自分なりのその「愛」でまるで二人が癒着しあっているものだとしか信じようとはしない。彼の信じたがるように、それぞれの単独な線どうしの接合、衝突、交差として、おたがいには自分という一本の線の責任しかとりようがないのだということを信じてはくれない。
（「日々の死」）

ここで河合の感じている居心地の悪さは、いったい何であろうか。実は、彼は現実の愛の不可能性を意識しているが、理想の愛の様態があることを捨てるまでにはいたっていない。もしも一人ひとりが単独な一個としてたがいに交じりあわず、連帯もせず信頼もせず癒着もせず、ひとりきりの愛、ひとりきりの孤独、ひとりきりの自分に耐えうるのであれば、どこか奥底のほうで人間は他の人間と結びつくことができるのだとする。しかし、それを実現することはほとんど不可能だと思えるから、彼は「日々の死」を生きることを自己倫理として引き受けるという選択をせざるをえない。

山川方夫は小説内で「私」から他者としての女性を遠ざけつつ、登場人物の孤独を浮きぼりにして、ついには一個の物体にすぎないようなところまで人間を追いこんでいく。そして、そこに横たわる断絶のむこうに、私と他人がつながりあうはかない可能性を読み手に感得させようとする。山川は「自死」や「心中」というモティーフにそのようなものを見いだした。都市や郊外の生活者の一人ひとりの孤独と死をきわ立たせることで、不可能性としての愛を完成させるという主題を手にしたのだ。そうした男女の出逢いや離別の心象風景は、山川によって「日々の死」以降もさまざまなかたちで湘南や西湘を舞台に変奏されることになった。その主眼は「家族もの」をのぞけば、一人称的な事象から三人称的な事象へと移行していった。それは小説家としての充実と成熟を意味していた。

たとえば、「ある週末」というまったくの赤の他人である男女の交錯を描いた短編小説は、「日々の死」を通った末に山川方夫がたどり着いた到達点をよく示している。冬の週末、西湘とおぼしき海岸沿いのホテルに、失恋して自死を決意したひとりの若い女がチェックインする。彼女の目に、プールサイドを歩いて行く背広姿の男がうつる。その男は数日前に、離婚するかしないかの結論が出る前に、妻を交通事故で亡くしてしまい、まだ気持ちの整理がつかず、空想の妻の声と延々と会話を重ねているような状態だ。ふたりは偶然に部屋がとなりあったり、ホテルの食堂ですれちがうが、たがいに声をかけるまでにはいたらない。翌日、帰り支度をすませた男がプールサイドに出ると、荒れた海の波間にゆれる人間の頭を目にする。女が入水したのだ。妻の幻影にはげまされ、男は冬の海へ飛びこみ、女を浜まで連れもどして助ける。が、男自身は波にさらわれてしまう。男はその死の間ぎわに、ふたたび死んだ妻の幻影と空想の対話をかわす。

「いま、私がなにを見たと思って？　私は、あんなあなたを知らなかったわ、私はあなたに、はじめて一人の完全な他人だけをみてたの。（……）いま、あなたははっきりと私の外にいたわ。私のほしかったのは、そういうあなただったの。だらしなく私に負けていたり、私のことを気にしてたり、私にすがりついてこない、私の外で一人っきりで生きている颯爽としたあなただったの」
「僕は、君に敵をみていたんだ」
「そうよ、私たちは一対一の敵どうしなのよ。人間には、それ以外にほんとの愛の関係なんかなかったんだわ。」

（「ある週末」『山川方夫全集三巻』）

「ある週末」では、自死を前にして不安定な思いにゆれる女、過去や妻の幻影にとらわれている男、幻影として空想の会話のみに現われる妻という、孤絶してたがいに交わりようのない三人の人物が描かれる。それから、女の入水という未遂の死、ひき逃げされた妻の過去の死、男の溺死という不慮の死という三つのできごとが、あらかじめ結びつきを奪われた線のように配置されていく。山川方夫からすれば、一人ひとりの人間が孤絶した生と死を一個として引き受けられるような状況だけが、逆説的に他人との連繫を回復するものだ。はからずも、男は不慮の死にみまわれる。だが、どこかで妻との癒着した関係を求める傾向にあった彼が、ひとりの他人になるためにはその肉体的な死が不可欠なのであった。つまり、男は「そうして一個であることを完成する。一個とは、一つの死なのである」。それぞれの生と生がすれちがい、死と死が絶対に交わらないような地平において、男ははじめて妻とのあいだに理想の愛の関係を完成することができるのだ。

この小説の舞台となるリゾートホテルがある海岸は、大磯か西湘のあたりを念頭に置いたものだと思われる。女が入水する海は、おだやかな逗子や茅ヶ崎の海ではないだろう。なだらかな砂浜がつづく「湘南」に比べて、大磯や二宮から西湘にかけて断続的に広がる「西湘」の海岸段丘は火山灰や礫を多くふくみ、地形の起伏も大きく、高波や高潮の危険をはらむ荒々しい海である。山川方夫はそのような海に、人間の生半可な感傷をものともしない、存在論的な深淵を見ていた。彼が海にむける視線は、他者への視線の謂でもあった。山川は人間を人間ではなくしてしまう場所としての海に、ひとりきりの自分になる可能性を賭けるのだが、彼の視線はそこに家族や他人という名の敵を見てかえってくる。なぜなら、生きているかぎり人間は、ひとりきりの自分になることなどは夢にもかなわず、「海の底にのみこまれた一個の屍体にすぎない」からだ。それこそが寄せては返す波間に浮かぶ、山川文学のなかの人物たちの海景であるのにちがいない。

そのように、一人ひとりの「死」と「愛」がたがいに孤絶する、蒼い海に変化が見られるのは、山川方夫が亡くなった一九六五年二月の「新潮」に掲載された最晩年の「展望台のある島」という短編小説においてである。この作品はあからさまに江ノ島を舞台にしている。水族館からでてきた「私」と「女」は、ふと海岸から島へとつづく舗装道路が工事されているのを見て、正面に赤い鳥居があり、神社へつづく坂道にみやげ物店がならび、裏側には弁財天をまつった洞窟があるその島へいってみようと思いつく。その女とは一年半も前に婚約していたが、接吻すらしていない。エスカーという有料のエスカレーターに乗り、島の頂上にある熱帯植物園をぬけて展望台にのぼる。その眺望から女の家と二宮の疎開先をながめているとき、「私」は十四年ほど前の過去を思いだす。

あれは、昭和二十六、七年ごろだったろうか。私の家族たちは、二宮のような遠くからさえ見えるその新しい展望台におどろき、同時に、なにか湘南の自然の風光がおかげで損なわれたようなつまらなさを感じたのだ。そして、たしかその年に、私たちの一家は、主に東京に移り住んだのだ、とも思う。
――そしていま、かつての私の見たその展望台に立って、私が過去の何年間かを過ごしたその海岸を眺め、そこに未来を見ようとしているのだ。私は、自分がこの展望台の上から、自分の過去と未来とを「展望」しているような気持に誘いこまれていた。

（「展望台のある島」『愛のごとく』）

婚約した女と江ノ島へいって、その島から出てくるまでの半日を描いただけのこの短編では、おもしろいことに、海側から「私」が生きてきた湘南や西湘の陸地を見かえす、という切りかえしの視線が強調されている。山川方夫はずっと海の近くの陸地側から、さまざまな表情を見せる紺青の海に文学的な喩を重ねてきたのだが、この「展望台のある島」にいたっては、家族とともに疎開し、父が亡くなり、慶應の普通部まで毎日かよう舞台となった二宮の海岸沿いの家を、彼の過去と未来に属するものとして展望している。陸とつながった島から、いつもとは反対の海上側からの視点で陸地を見かえすだけで、それを可能にしているのだ。なぜ過去だけでなく、そこに未来をも見るのか。それは山川自身が、結婚後に妻と新居をかまえたのが同じ二宮の家だったからだ。

さらには、「日々の死」から晩年の「愛のごとく」や「最初の秋」にいたるまで、作家にとって愛とは、癲癇という宿痾をかかえながら、父の死後に残った女ばかりの家族に対して長男の責任をはたし、自分のなかに無感覚になった死んだ部分をもって日々生きることを意味した。「私」を一人きりにしてくれない他人、それが家族であり愛の対象だった。だから、どんな女と関係をもったとしても、何の責任をとることもできない相手を、肉親のように重荷になる存在として自分の内側に入れることはできない。それが愛に溺れることへの恐怖となっていた。ところが、婚約をしたその女との関係はちがっていた。偶然友人の家であった女が、あきらかに「私」のなかで重要な位置をしめるようになり、生まれてはじめて愛に束縛される重症におちいったのである（岡谷公二著『夢の顔』に所収の「回想　山川方夫」によれば、国語教師をしていた妻の教え子だった生田みどりを、偶然自宅へたずねてきた山川に紹介したのは岡谷であった）。「疲れた」という女と私は島の旅館へ休憩に入り、衝動的に女の唇を吸う。そのとき、窓外の対岸の夜景に気がつく。

ぼんやりと顔を曲げて、私は部屋の海に向うガラス戸を見た。私は、声をのんだ。考えたこともない自分が、すでに暮れきった黒い海をひろげたガラス板に映っていた。私は、女に劣情を燃やす自分、女と抱きあった自分が、ひどく醜悪な、おそろしいような顔をしているのだとばかり信じてきた。だが、そこで胸に女の顔を埋めさせ、しっかりとその肩を抱き片手を胸に当てている自分は、ごくあたりまえな、日常の中の自分でしかなかった。（……）

――私は、予想もしていなかった変化が、実際に、その自分に起ってしまったのを感じていた。同じ姿勢のまま、私は、じっとガラス戸に顔を向けつづけていた。私の見ていたのは、しかしそのガラス板の向うの、光をちりばめた夜の町の光景、点々と光をつらねた夜のその海岸ではなかった。
（「展望台のある島」）

ここでもまた、海へと突きでた島から、陸地の夜の光景を見つめかえすという仕かけが使われている。そして「私」は、自分と女がごくあたりまえの男女のようにしか見えないことにおどろく。あれほど、べったりとした他人との愛をきらっていた私は、その年齢に達して自然とそれを受け入れられるようになっていたのだ。小説の最後で、女と一緒に橋をもどってきた私は江ノ島のほうを振りかえる。「月光が、青黒い海の面に、こまかな漣を砕けさせて、縦に滲んでいた。……でも、この月の光も、もうすぐ島にかかるだろう」。そこには、かつて山川文学が西湘の荒々しい蒼海に見いだしてきた、一人ひとりの人間が孤絶して、生や死を一個として引き受ける場としての海はもう存在していない。月光に照らしだされて、静かなさざ波が浜に打ちよせる光景があるだけだ。長い年月をかけた文学的な煩悶の末に、このような心境に達することができた山川が、「展望台のある島」を発表したその月に交通事故で死んでしまったことは何ともやるせない。それと同時に、この小説を読むとき、彼が夭逝した作家などでは到底なく、ひとつの人生、ひとつの文学を完成させた作家であったことにわたしたちは思いいたるのである。

苦界と周縁

川崎長太郎の小田原

抹香町を歩く

川崎長太郎ほど小田原という土地を掘りさげた小説家はいないし、これからもきっと現れまい。しかし、彼が描いたのはいわゆる「小田原」ではなかった。武家社会の街なみやなごりを残すその土地では、地理的にも文化的にも周縁に位置する、彼の生まれ育った家や近辺の漁師町ばかりを私小説家としての眼で書いた。のちにその姿勢は深化し、社会的には不可視である商売女、女中、女給など苦界の底辺にうごめく女性たちを、貧困にあえぐ物書きの「私」の定点から観測し、深い共感と、ときには突き放すようなリアリストの視点でもって描くようになった。彼は小田原の作家ではあったが、徹底的にそのアウトサイダーの界域ばかりを描いたのだ。

わたしの実家は小田原から電車で三十分ほどのところにあり、幼少の頃より何度となくその街を訪れたことがあるし、いくつかの思い出もある。しかし、川崎長太郎の描いた周縁的境域はわたしの知らない小田原の姿であった。それゆえに、わたしは川崎文学における特徴的な地図をなぞり歩いてみなくてはならなかった。

まず、小田原駅の東口を出てすぐのところにある、錦通りの牧野信一出生地の番地へ立ちよった。川崎長太郎が牧野を訪問して盃をかわしたときのことは、著書『乾いた河』のなかの「冬」という短編小説に詳しい。しかし、今ではそこは中華料理屋とあやしげな探偵社になっていた。このぶんでは川崎文学の痕跡を見つける期待はできないかなと思いつつ、ロータリー正面の大通りを七、八分ほど行くと、市民会館の斜むかいに「だるま食堂」が眼に入った。川崎が二十数年間、毎日午前十一時になると、朝昼兼用のちらし寿司を食べに通っていた店である。川崎は食堂と呼んだが、明治創業で大正期に再建された建物は文化財にも指定されており、正面の破風造りの老舗らしい立派な店がまえと、楼閣風の広々とした一階の雰囲気は豪奢である。小説世界には女中や芸者と「だるま食堂」の二階で、飲みつけない酒を飲むくだりがくり返し登場するが、その二階の客座敷も書院造りの贅沢なものであった。

川崎長太郎がかつて食べていたのと同じちらし寿司を頼んだら、漁港が近いせいか魚も新鮮でうまかった。昼間からビールを飲んでいると、海辺の網置小屋にルンペンのごとく起き伏し、極端な貧困のなかで私小説一筋をつらぬいた、われらが川崎長太郎のイメージが少しだけゆらいできた。吉行淳之介は川崎との対談で、昔の女のことを「必要以上にひどく振られたように」書く誇張がないかと疑義をはさみ、奥野健男は「幾歳月」という短編をさして、売れっ子芸者と大みそか、正月と独占的に遊べるのは土地のぼんぼんだったからではないかと指摘した。年配の給仕の女性にたずねたところ、川崎の本を読んだことはないが、今でも十一月六日の命日には決まってお客が訪ねてくるといった。数十年前までこの店には、「蠟燭」という短編で川崎に冗談まがいの求婚をしたり、火鉢に一緒に当たったりする若い女中たちがたしかにいたのだと思った。

あまりに「だるま食堂」が立派な造りだったので落ち着かなくなり、食事をすませると、足早に川崎長太郎が住んでいた物置小屋の跡地へとむかった。市民会館の前から国道一号に入り、国際通りのアーケイドが切れるところで、南の海岸方面へ折れて浜町に入る。川崎家の菩提寺である無量寺の前を通り、零細な水産加工業の会社がいくつもあるひなびた通りを行くと、路地の入り口が川崎の小屋があった場所である。現在はむろん小屋はなく、四畳半ほどの広さの土地がコンクリートでならされた上に、小屋跡碑だけがぽつんと建っている。石碑のかたわらにごみ回収日を告知する看板が立っており、青いネットが丸めておいてあった。その場所が、いまでは近所の人たちのごみ捨て場になっているのかと思うと、一抹の寂しさをおぼえた。あるいは、それは貧乏私小説家を公言してはばからなかった川崎の面目躍如というべきなのか。

川崎長太郎の生家は箱根の旅館相手の魚商で、この地で代々続いていた。小説家を志した川崎は東京と小田原を行ったり来たりしていたが、食いつめた末に小田原での定住生活を決意し、かぞえで三十七歳の一九三八年から約二十年間、この海岸に近い漁撈用の網を置いておく小屋で起居することになった。この小屋のことを川崎は「網置小屋」や「物置小屋」と呼び、彼の小説中にたびたび登場する。「蠟燭」という短編小説を読むと、当時の物置小屋での生活の様子がありありと目に浮かんでくる。

人間の棲家とはいえまいが、とにかく赤畳が二畳敷いてある小舎である。私名義のものなので家賃の心配はない、南に向いて観音びらきの窓があるので日当たりには申し分がなく、目の下から防波堤まで六七間近くの空地に、よくおしめや腰巻や着物など干される。そのあい間から一望のもと海が見えるのである。（……）もともと魚の箱や樽を入れるためにできた小舎なのだから便所はない。朝の用は容器ですまし、夜になってそれを浜に捨てに行くのである。もちろん水口のあろうはずはなく、食事は三度三度外ですませることになるのであった。朝めしを食う食堂や郵便局の洗面所で、始めて手を洗い顔を洗う。（……）電灯はなく一本二十銭の太目の蠟燭をつけているのだが、そいつで本も読めば手もあぶるのである。

この原稿を書いている机は、ビール箱に木綿の大風呂敷をかぶせたお粗末なもの、蠟のこぼれやインキのしみで大分よごれてきた。

（「蠟燭」『鳳仙花』）

川崎長太郎が寝起きしていた物置小屋から、現在の海岸線までは百メートルもない。浜辺の方へ路地を歩くと、五十メートルほどで旧防波堤へ突き当たった。昔日はそこから先が浜辺であったのだが、現在は西湘バイパスが遮蔽物となって海は見えず、波音がかすかに聞こえるだけだ。防波堤から下が一段低くなって児童公園となっており、原色の花が植えられた花壇のそばに、緑にぬられた四畳半ほどの大きさの物置小屋がひとつあった。その小屋には窓がなく、漁具や掃除用具などを保管しているようであるが、なぜか入り口には郵便受けがとりつけてあった。

よく気をつけて見ると、その界隈の住居には、いまだにトタン板を使った平屋建てが多かった。往年の貧しい漁師街をしのばせる路地であり、案外、この地では物置小屋に住むという発想は突飛ではなかったのかもしれないと思えてきた。眼前には西湘バイパスの下をくぐる幅と高さが二メートルほどのトンネルがあり、鉄扉が開放されていたので、それを抜けてようやく海岸に出た。バイパスの橋げたぞいに、乾いたテトラポットがごろごろとならんでいる。ホームレスの住居だろうか、橋げたとテトラポットの間の洞窟のようになった空間に、段ボールの屋根がとりつけられていて、入口には御簾のように古毛布がかけてある。トンネルの下にも家財道具や食器、古びた雑誌類があり、誰かが住んでいる様子であった。わたしは川崎長太郎のことを私小説の道をつらぬくために意志的に貧乏暮らしをしていた作家だと考えていたが、浜町の貧しい漁村のような光景を見て、その考えをあらためる必要性を感じた。

物置小屋の碑から、徒歩五分くらいで抹香町の跡地へ着いた。国道一号線へ出て鴨宮方面へ歩き、浜町交差点を越えて新宿公民館の先を左へ折れる。と、すぐに現れる中村医院の看板が目印である。番地としては、浜町二丁目八番地、九番地界隈。驚いたことに、一九五八年の売春禁止

川崎長太郎の
小屋跡碑

小屋跡碑前の
御幸の浜海岸

抹香町の跡地

法の施行により灯が消えた私娼窟は、五十年後の現在でもその面影を色濃く残している。江戸期には「十王町」といった一角だが、四方を寺にかこまれ、抹香の煙が絶えなかったので人々は「抹香町」と呼ぶようになった。その証拠に現在もこの一帯は法光山本久寺、永昌院、蓮上院、善照寺にかこまれている。

川崎長太郎の随筆「消える抹香町」によれば、若い頃は玉の井や亀戸の魔窟に通っていたのが、三十七歳で小田原へ定住のつもりで帰ってきて、物置小屋へ寝起きするようになっても、男やめの身ではやはり抹香町へおもむくしかなかったという。一度だけで二度とあわない娼婦、一緒に映画を観にいったことのある女、戦争未亡人で子供に月々の仕送りをしている中年女など、異性といえば抹香町一本で通していた。戦後の出版景気のおかげで四十代なかばにして、川崎はようやく小説一本で食べられるようになった。一九五〇年代に入ると、さかんに彼女たちとの交情を描いた「抹香町もの」を雑誌に発表するようになり、これが一種のブームとなって流行作家のようになった。代表的な作品集『抹香町』が刊行されたのが一九五四年のことで、彼は五十三歳になっていた。この頃までには、毎朝「だるま食堂」でちらし寿司を食べ、昼間は中風の予防のために小田原近辺を数時間かけて散歩し、夜は読書と執筆をする。原稿料が入れば、取材とその方の処理をかねて私娼窟をふらつくという、川崎らしい生活スタイルが確立された。その頃の抹香町の様子を川崎長太郎は、次のように描写している。

昔、田圃であった一廓には、トタン屋根の平家ばかり、三四十軒ごみごみ並んで居り、一間道路や、三尺路地には、ちらほら、ひやかし客など歩いていた。家々の入口や、門のように柱のたったあたり、うちわもった女達が、しゃがんだり、立ったりして、蓮っぱな声を散らしていた。終戦前と、さして変わっていない、横文字の小さな看板を、申し訳のようにくっつけているだけが目新しいような店先きを、竹六はむさぶるような、遠慮のない目つきでみて行った。電気で縮らせた頭髪、塗りたくった、胸のむかつくような脂粉の顔、和服、洋服とまちまちだが、どれも安っぽく、あくどく、けばけばしいそんな、なりや、化粧によくはまっている、野卑な丈夫そうなみだらがましい女達。

（「抹香町」『抹香町・路傍』）

現在の抹香町のあたりへくると最初に気がつくのは、駅からほど遠いこの場所に、今でも小料理屋の看板がいくつもあることだ。いわずもがな、である。それからせまい路地が残っており、そこに建ちならぶ家々の塀が高く、入口は連れこみ旅館風になっており、敷地の外側から見通せる場所にはほとんど窓がない。トタン屋根やトタンの壁でできた古家や、土蔵づくりの家屋も多くある。「消える抹香町」を読んでみると、以前は平屋建てが多かったのが、戦後は二階建てに建て増す店が多く、コンクリートや卵色の壁土を塗って西洋仕立てにしたものらしい。売春禁止法の施行後、建物はそのままで商売がえをして、素泊まり旅館やアパート、洋髪店などになったものもある。なかには三階建ての望楼つきの立派な女郎屋を、ばらばらにして熱海へ運んでいき、温泉旅館として面目を一新したものもあったということだ。

次に気になったのが、山王川に流れこむどぶ川が、この町の下を縦に暗渠として通っていることだ。地下にもぐったどぶ川は旧抹香町をななめに切る、小田原城の大外郭の土塁跡に沿って流れている。道ばたに立っていた「小田原城遺構総体図」を見ると、蓮上院までが小田原城の大外郭の内側で、その土塁のすぐ外側に抹香町は位置している。この土塁は小高い盛土として残っており、旧抹香町の真んなかあたりで半円形の穴を開けている。案内書きによれば、戦時中の空襲で米軍機が落とした爆弾の跡であった。そして道路わきや寺の横あいに、暗渠以外にも小さな水路が張りめぐらされていた。それはこのあたりに水源があるからで、「消える抹香町」を再び参照すれば「ふだんじくじく湧いていたりして、ろくな田にも畑にもならないばかりでなく、旧幕時代には罪人の首をはねた刑場の跡でもある一画」であった。それでいて四方を寺院にかこまれているのは、やはり異様な雰囲気である。以前は地代が格安な、誰もが住むのを忌みきらう貧民窟があった場所であったのである。

川崎長太郎の随筆と小田原文学館の資料によれば、江戸時代には東海道沿いに宿場がならんでおり、いわゆる宿場女郎が旅人の所望に身をまかせていた。それが町の命令で明治中期に取り払われ、もっと北側の一画（現、中町二丁目二番地界隈）へ移転し、「初音新地」と呼ばれる公娼の遊女屋が立ちならぶ遊郭となった。そこは第一次世界大戦の好景気で栄えたが、望楼があったり四、五階建ての大きな女郎屋が建つなど豪華絢爛で、そのために玉代も高く、漁師ら一般の遊興人には近寄りがたい場所であった。そこで、明治末期に「初音新地」の近所にある貧民窟のような寺の多い街すじに、ふつうの町家の間にはさまるようにして私娼がたむろする家ができはじめ、私娼窟となって繁盛するようになった。これが、いわゆる「抹香町」である。

しかし、この「抹香町」は一九二三年の関東大震災で壊滅してしまった。これを機会に小田原警察署の命令で、元ごみ捨て場の場所（浜町二丁目八番地、九番地界隈）へ私娼窟は移され、昭和初年にいっせいに開業した。そこは「新開地」と呼ばれた。公娼街の「初音新地」と私娼街の「新開地」が並存していたわけだが、景気が下り坂になるにつれて「初音新地」は「新開地」に客をさらわれがちとなり、太平洋戦争前には「初音新地」の遊郭は軒なみ廃業を余儀なくされた。戦前や戦後に川崎長太郎が渉猟し、抹香町ものの小説の舞台となったのは、この「新開地」のことなのだ。むろん川崎は「新開地」という呼び名を知っていたはずだが、あえて「抹香町」という過去の呼び名を採用した。当時の人々が「新開地」を「抹香町」と呼んでいたかどうかは定かではない。その呼称を文学的にほんの少しずらしたことは考えられる。これは川崎の創作姿勢を見ていく上でも重要なことなので、再度触れることになるだろう。

文学的な渉猟の結論として、川崎長太郎の小説が舞台とする町は、やはり城下町としての小田原ではなかった。そこには城山公園も武家屋敷の町として有名な西海子小路も、ほとんど登場しない。川崎のことを小田原を代表する作家のようにいえば、町の人がいぶかしげな顔をするのも当然のことだ。川崎は徹底的に町のアウトサイダーとしての自己をつらぬいており、その文学的な界域は、地理的にいえば、小田原城の大外郭の外側に位置する漁師と水産業者の浜町、抹香町こと新開地、彼が起き伏しした物置小屋の周辺で全部である。川崎の小説は小田原という町を舞台に描いたのではなく、その町において川崎が取りあげようとした特定の場所、人びと、社会階層が選択されて描かれている。その小説の背後には、ローカルの歴史において特殊であった精神風土が存在しているのだ。その風土のなかで、川崎の文学は書かれていたということができる。それが、小田原の出身者である北村透谷、福田正夫、牧野信一、尾崎一雄、北原武夫ら他の文学者と、川崎との間に決定的な差異をもたらしているものなのだ。

川崎文学の女たち

川崎長太郎の小説ではモデルとなる女性がときには別名で、ときには同名で再登場し、何度も似たような痴話がくり返されていく。彼女たちから直接聞いた身の上話を元に小説化しているからだが、数多く読んでいると、小田原の周縁世界の底辺をさまよう女性たちのありさまが、ひとつの巨大な曼陀羅図を構成しているように思えてくる。『挽花』のあとがきにあるように「いずれも身辺の消息で、「私小説」の約束通り、大体本当のことを比較的正直に書いて」いるのだから、必然的に同じ登場人物による同じ題材が反復されることになる。

代表的な作品集『抹香町』に収録された「流浪」（初出『小説新潮』一九五三年二月号）は、二十八年後に「断片」（初出『海』一九八一年十月号）という、ほとんど外見は同じ内容の小説に再現されている。小田原駅の待合所で出くわした抹香町の女が、大洗の実家へ帰るというので何となく見送ることになる。後日、熱海の私娼窟で足を洗ったはずであったその女と偶然に再会し、女の部屋へあがり「一緒にならないか」といってしまうセリフまで忠実になぞられる。「流浪」と「断片」を別の小説だと見わけられるのは、前者が女の「私」の視点から語られる一人称小説で、後者の視点人物が川崎長太郎の分身である「小川」による三人称小説ということくらいだ。登場人物、扱われる事象、物語の構成にいたるまでそっくり同じなのは、川崎が「本当のことを比較的正直に書いて」いるからだが、筆致や文体には微妙な差異が持ちこまれ、後年に書かれた「断片」の方が読後にこまやかな印象を残す作品となっている。

「宮小路の芸者」（初出『小説公園』一九五七年六月号）では、石川啄木の短歌が好きで、一時期、映画監督の小津安二郎とつきあっていたという小田原の芸者の「女」をモデルにしている。この女性に川崎長太郎が横恋慕する始終が、作者の分身「助七」の視点から書かれる。後日談を含めた戦前から戦後にわたる芸者との交際は、「幾年月」（初出『海』一九七三年一月号）に「玉江」という芸者との交流として詳しくあつかわれ、さらに後年の「ゆきずり」（初出『新潮』一九八一年九月号）で芸者の名は「光代」となるが、両者ともに視点人物が作者の分身「小川」であることに変わりはない。

「あんた」と、助七を、呼び止める声である。乾いた、男のように太い声帯は、聞き覚えがあった。みると、浜子が、そこへ立ちすくむようにしていた。彼は、流石に、ハッとし、小柄な体を余計縮めながらも、四十女の方へまっすぐ向いた。

（「老娼婦」『晩花』）

「あんたッ」

と、呼びとめる金切声である。男のように太く干からびた声帯は、紛れもない玉子であった。内股気味に、近寄ってきた彼女は、小川と眼が合ったところで、切れながのはれぼったい上瞼をつり上げ気味、彼も瞬間息の詰ったような顔つきとなった。

（「乾いた河」『鳳仙花』）

一九五七年の著書『晩花』に収録された「老娼婦」に登場する女性は、四十歳を越えた抹香町の娼婦「浜子」である。五八年の売春禁止法施行の前年を舞台にとり、客あつかいがこまやかで五十代六十代に常連を持つ浜子のもとへ「助七」は通うのだが、彼女は体をこわして三島の結核療養所へ入ってしまう。一度は一緒になることも考えた相手であったが、結局、助七は見舞いにいった折に手切れ金のつもりで金をおいてくる。その後、娼家では二十歳前後の越後の百姓の娘を抱いていたが、浜子が療養所から出てきたことを知らず、抹香町でうろついているときに再会する場面が右の引用部分だ。「老娼婦」では、再会した後の顚末に話の重心がおかれているが、この女性は後年の「乾いた河」（『海』一九七三年十月号）で「玉子」という名で再登場する。こちらは県立の結核療養所へ面会にいったときの話に主眼がおかれており、やはり同じような経緯が語られる。抹香町が閉鎖されたときに「彼女はどうなることか、最後まで見届けてやろうという、不逞な取材意識も手伝っていた」らしく、温泉旅館の女中になるか、駅裏の飲み屋で働くことになるか、玉子がその生において行き暮れるさまが付記されており、しんみりとした余韻を残して終わる。

川崎文学の曼陀羅図において、このような例は枚挙にいとまがない。試みに整理してみると「同じ話を再度書きなおす」「同じモデルの話を語り手を変えて書く」などの類型を抽出することができる。バルザックの文学では、同じ登場人物が複数の作品に登場することで、ひとつの社会をさまざまな視点とさまざまな時点のずれから複眼的に描くという効果があった。対照的に川崎の情痴小説では、ほとんど似たような内容が、視点や着眼点を微妙にずらされた上で何度も変奏される。そのずらし方は職人的な妙技の域まで達しており、「老娼婦」と「乾いた河」を比較してみるとわかるように、表面的には区別がつかないような場合すらある。あたかも、二度、同じ題材で書きなおすのではなく、二度、同じ記憶を生きなおしているかのようなのだ。

川上竹六も、既に五十歳であった。

父親は十五年前、母親の方は六年前に亡くなって居り、弟がひとりあるだけで、女房子供なしの独身者である。

このところ、十余年、屋根もぐるりもトタン一式の、吹き降りの日には、寝ている顔に、雨水のかかるような物置小舎に暮し、いまだに、ビール箱を机代りに、読んだり書いたりしている。終戦後の、出版インフレなどで、竹六のチビ筆も、彼一人の口すぎには、どうにかことかかぬ程度のものは稼げてきたようである。

（「抹香町」）

川上竹七は、五十歳すぎていた。既に、老衰の徴、歴然たるものあり、眼尻あたりの皺は、ひびのいったような具合であった。体中の毛も、下の方から段々白くなり、てっぺんにまで及んでいる。顔面に、しみがふえ、老眼鏡の厄介にならないと、文字が書けぬ仕儀で、早、歯は抜落ちたもの、残ったもの、丁度半々という勘定であった。

十数年来、物置小屋に、ひとり暮していた。小屋も、大正の大震災直後の建物で、屋根のトタン板など、大分錆朽ち、雨もりを如何ともすべなく、吹き降りの日ともなれば、小屋の中じゅう、びしょ濡れという有様を呈する。

（「鳳仙花」『鳳仙花』）

いずれも、二編の短編小説の書きだし部分である。川崎長太郎の情痴小説では、女性との交情が語られる前にまくらというか、前口上のようなものが述べられる。主人公が情けない境遇におちいった経緯が、頭のところでさらりと説明されるのだ。これは雑誌掲載時における読者への配慮ともとれるが、川崎の読者であれば「今回の書きだしはいい」とか「滑りだしは悪くない」などと、できの良し悪しを批評して楽しめるところである。川崎の小説は、自選全集や著作集でまとめて読むのに適さないのかもしれない。それは話芸の語りのように練磨されているから、単行本でまとまったものを読むより、雑誌などでぽつりぽつりと新作を追いかけるのにむいている。

それにしても、ひとりの私小説家の生涯において、小説の素材となるような事件やできごとが実生活で次々に起こるとはかぎらない。川崎長太郎は習作時代の東京生活、戦時中、戦後、六十歳を過ぎてはたした結婚後の身辺に起きたできごとの他に、父母と弟の家族を題材にした私小説を数多く書いている。徳田秋声、宇野浩二、牧野信一ら師匠筋にあたる小説家だけではなく、文学仲間であった田畑修一郎や中山義秀らも容赦なく題材にしているが、それでも五十年もの間書きつぐのは至難のわざであろう。川崎も他の私小説家と同じように「あいつと付き合うと小説に書かれる」と友人連から敬遠され、ただでさえせまい交友範囲が次第にせばまっていき、もぐらのように物置小屋に蟄居するだけの暗がりへ追いこまれていったという。

そこで考案されたのが、取材によって題材を確保することができる「情痴小説」であり、女性との交情記であった。戦後の出版活況のなかで原稿依頼が増えて、川崎長太郎の小説は次々と雑誌掲載されるようになるが、本当の意味で世間に認知されたのは一九五〇年前後から開始された「抹香町もの」によってである。それ以前の私小説と「抹香町もの」のちがいは、単に後者が「情痴小説」というだけでなく、小説としての基盤が別のところにあるからだ。「抹香町もの」は一種のルポルタージュ的な取材に裏づけられた、私娼たちの身の上話に立脚している。それが一連のシリーズのようにいわれるのは、初老のやもめ男が私娼街をうろつき、ときには生殖器が役に立たず、男性としての不覚をとるという痴話が確固たる定型として確立されているからだ。

再度、カフェ街入口、という文字を掲げた鉄骨のアーチの下くぐり、蜂の巣の如く平屋建の娼家が、とりどりの板塀めぐらしてかたまる一画へ脚入れた瞬間、私は懐かしいところへ来たと云うより、いっそ気の滅入る、五十にもなって妻子なく、こんな場所へやってきて、女抱くしかない我が身の姿を、あの世から生みの母でもみていたら、どんな思いをすることか、などとそんなこと考えたりして、穴へでも入ってしまいたいような勝手さえ覚え、とぼとぼ消毒液の悪臭たちこめるたそがれの巷、徘徊したものであった。

（「消える抹香町」『もぐら随筆』）

五十歳にもなって物置小屋に起き伏し、私娼街を渉猟して歩くという男の性《さが》における「情けなさ」「どうしようもなさ」が、ほどよいペーソスを保ちつつ、実にあっけらかんと語られていくところに川崎長太郎の真骨頂がある。自己陶酔なのではない。本当にどうしようもないのだ。だが、救いようがないわけでもない。自己を突き放して書いているのだから。評論家の平野謙は、川崎の風変わりな生活が売り物になっているとして「電灯くらいつければいいじゃないか」と反発を示したが、作家の自己神話化という指摘はここでは当てはまらない。川崎の「情痴小説」は仮構された物語ではなく、それ以前の生きざまと連続性を持つという点では、正真正銘、切実に生きられた「私小説」である。同時に、それが取材意識に支えられたものであり、意図的に生きられた経験に基づくという意味では風俗小説の要素も持ちあわせている。

さらに、徳田秋声から継承した自然主義文学ならではの私性の客体視が、ここでは極点まで推し進められることになった。「抹香町がいよいよ病みつきの形で、職業的な取材意識をかかえながら、消毒液臭い巷をもの欲しげな野良犬もどきにうろちょろし、毎度行き当りばったりに女を買っ」たとあるように、川崎長太郎は何ら悪びれることなく、堂々と取材とその方の必要を満たすために抹香町へ通う、自己の分身の姿を小説に書いている（「歩いた路」『歩いた路』）。つまり、「取材する自己」へむけられる外からの視線が、小説内に組みこまれているのだ。岡庭昇は『私小説という哲学』のなかで、前述の「流浪」と「断片」のラストシーンを取りあげて、「気に入った娼婦とめぐり会って夢中でキスした後に、性病や結核が怖くなり彼女が席を外した隙に猛烈に口を浄めるというシーンが「抹香町もの」の一作品にある。娼婦を愛しながら、同時に差別する自己を、ここで良く客体として批判化している」と考察した。

川崎長太郎が「十三貫弱、五尺一寸の小男」で「上歯下歯とも、半分以上、もう抜けてしまった」爺さんだと自己描出する（「抹香町」）ときも、娼家の部屋でいつもの不覚に陥り、なじみの私娼に同情される（「夜の家にて」）ときも、前述の口を浄める場面（「流浪」「断片」）も、川崎は自分が社会の常識から外れたどうしようもない乞食同然の存在である自身の姿を、おもしろがって見ているようなふしがある。自分のうらぶれ具合が滑稽に思えるという余裕は、世間から離陸し超低空で飛行する男のダンディズムからきている。そうして、その滑稽味をもたらすのは、醜悪なものをさけないリアリズムの文体による効果である。文学上の師である徳田秋声を凌駕せんとするまでの、徹底した自然主義の姿勢がここにはある。リアリズムも究極まで邁進すると、無垢や滑稽すら含む表現になるのだ。

そのことは、川崎長太郎の独特の文章表現に表われている。川崎には文章の語尾において「……ようだった」「……らしかった」という表現を使う傾向がある。これはふつうに考えれば、認識の曖昧さに基づくものであるが、常識的には断定でもよさそうな箇所にまで、川崎はこのような曖昧な語尾の表現を使う。大森澄雄が、川崎に直接口頭でその事情をただしたところ、断定のふんぎりのつかないときには「……らしかった」を使うと答えたという。この川崎の返答は、逆説的に、彼が厳密なリアリズムの忠実な信奉者であることを証明するのだ。作者である自分にとって不確かな箇所には断定口調が使えず、曖昧ににごす表現を使うしかないと考えるのは、徹底したリアリストならではのものである。

中川さんは、大きな体を突ッ伏せになり、肩で息をしてゐます。障子をあけ、部屋を出ようとしたところで、ちらッと振り返ると、中川さんは、がばと鎌首を起こして、枕もとの懐紙を数枚はがし、そこのところが一番不細工に出来てゐる、幾分突き出た野卑な口の、裏と表を丹念に拭ひ始めるのでした。それをすませて、新しい紙をとり換へ、口もとへあてがひ、今度はカッカッと大きな音させて、つばを吐きつづけるのでした。己の口中に吸ひこんだ毒物でもさうして吐き捨てる為のやうな、血相かへたしぐさです。長くはみてゐられない有様でした。私は、気づかれないやうに、そつと障子をしめ、洗滌所へまはりました。戻つて、部屋へひと足入れかけたところで、中川さんの方へ目をやると、枕もとへ、くしやくしやに丸められた懐紙が四つばかりみえました。私にみつかつてはまづいらしく、こちらの気あひを察した中川さんは、急いでその四つを一つにまとめ、慌てて床の下へ押しこむのでした。（『流浪』）

川崎長太郎の情痴小説の特長は、登場する女性をはじめとする他者への視線が冷たいところにあるが、これが同様に自己への客体視にもつながるとどうなるのか。意外なことに、一九五五年の代表的な作品集『抹香町』においては、いわゆる一人称の私小説は一篇もなく、自己の分身を主人公に据えた三人称の小説が四編でちょうど半分、後は女性の「私」を視点人物にした一人称の形式をとっている。とはいっても、川崎の三人称はいわゆる「神の視点」からはほど遠く、物事は主人公の限定された視野のなかで描かれており、かぎりなく一人称に近い。いわば「一人称的な三人称」を採用した小説である。

後者の女性を「私」にした一人称の場合はどうなっているのか。『抹香町』では「無縁」「流浪」「金魚草」「淡雪」の四編がそうである。こちらは対照的に「二人称的な一人称」とでも呼べるようなものだ。これは便宜上、娼婦の女性による身の上話を「私がたり」で地の文に組みこむための工夫だと思われる。女性の「私」からながめれた視野であるのにもかかわらず、右にあげた「流浪」の末尾の部分からもわかるように、小説には作者の分身が登場しない場面がほとんどない。常に女性たちは作者の分身とともにある。これは徹底したリアリストの私小説家である川崎長太郎にとってはむしろ当然のことで、自分が見聞したこと以外は基本的に書かないのだから、第三者の「私」である女性が自由に動きまわる世界の広がりというものはありえないのだ。

つまり、女性の語り手としての「私」は常に作者の分身のそばに寄りそい、彼を観察するための「目玉」として機能しており、いわば作者が書かれる自分自身を突き放し、自己を客体視するためだけに仮構した視線となっているのだ。そのありようは、右の引用文で作者の分身である「中川さん」にむける、抹香町の娼婦の「私」の驚くほど怜悧にとぎ澄まされた視線に見ることができる。これら娼婦の女性を視点人物にとった「私」は、作者のかたわらに寄りそう他者として、二人称的なあつかいを受ける一人称であり、川崎が自己の客体視を究極までおし進めた末の独自の文体なのである。

長太郎と永井荷風

川崎長太郎は生前の永井荷風に何度か邂逅している。『もぐら随筆』の「永井荷風」によれば、それは世相が日中戦争や太平洋戦争へ突入する前の、川崎がまだ三十代前半の頃のことであった。本郷の下宿でぽつりぽつりと私小説を書いていたが、年齢相応に生理的な欲求に見まわれれば、川むこうにある玉の井の遊郭へと足を運んでいた。ある夜、ふと気づくと「娼家の尻と尻とが鉢合わせになっているような場所」で、長身の男がノートに何やら熱心に書きこんでいる姿が目に入った。『濹東綺譚』を書く前の荷風であった。だが、このときは「先生のご勉強ぶりには」と川崎が文学青年よろしく声をかけたのに対し、荷風が「いや、地図を書いているんですよ」と気さくに返答し、川崎は恐縮してしまい、すごすごと逃げ帰っている。

再度、浅草の仲見世で永井荷風を見かけた後、玉の井へ行く市電のなかでも出くわしている。このときの様子がなかなかおもしろい。空席の目立つ市電のなかで、三メートルほど離れたむかい側に座っている荷風を、川崎長太郎はまともに、あるいは横目づかいに注視する。荷風は川崎の臆面のない注視に腹を立てたものか、「この青二才ッ」というふうにいきなりにらみつける。敵意を隠さないするどい眼力に、川崎の方は頭をさげたりして負け加減なのだが、そのうち玉の井駅で電車が停まる。川崎は内心けんか腰になり、尾行してやろうと太い了見を抱くが、荷風は一向に腰をあげるそぶりを見せない。このがまん比べでも荷風に軍配があがり、川崎が電車を降りた後にようやく荷風はのっそりと腰をあげる。この小文の締めくくりには「新聞紙上に、つくりごとだと作者が自称する『濹東綺譚』が出始めたのは、半年ばかりたってからであった」とある。そこには、川崎の荷風に対するなみなみならぬ対抗意識がうかがえる。

作品集『夕映え』の巻末に「作家の姿勢」と題された、晩年の川崎長太郎と吉行淳之介の対談が収録されている。ここでふたりが「荷風の玉の井」について話している事柄は、川崎の私小説の方法を他の作家との比較によって浮かびあがらせるのに役立つ。川崎は右に示した荷風と遭遇したときの挿話を持ちだすのだが、それを受けた吉行淳之介のコメントがいい。「ご勉強ぶりには恐縮しましたという川崎さんの言葉は、勉強してああいうところを書くもんじゃないというお気持でしょう。勉強して書くものじゃないと。だから、お雪さんというのはいないかもしれない。地図だけ書いて、あとは想像で作った人物かもしれませんね」と吉行はいう。その言葉に引きだされるかのようにして、川崎は自己の文学観、私小説観を語りはじめる。

川崎長太郎によれば、荷風文学は「一つの趣味性の枠内」にあり、小説というつくり物をこさえる文学である。徳田秋声のごとく、男女関係でいえば「肌と肌をこすり合う」ようにして手ぶらで対象にぶつかっていく迫力はないと荷風文学を批評し、秋声の文学と対蹠的なものだと位置づける。そこから逆照射されて浮上してくる、秋声の私小説を継承した川崎文学の方法とは「私小説を書いているとき小説を書くという気持がわりとない」というニュートラルなものである。川崎の「私小説」とはむしろ非小説であり、小説意識というものはなく、「自分の実感をぶちまける」という意味では、日記や記録や告白に近いものだという考えを吐露している。

つまり日記や感想、告白、記録というのは再現ですね。あったことを再現するんですからね。自分のやったことでないことを作るのと、ちょっと話が違いますからね。吉行君の『夕暮まで』は小説。私小説は大むね私事で、あらず小説。どっちが人を動かすか、ということになると、価値問題は別ですね。

ちょっと青臭いことを言いますと、再現ということと、書くということは、似ていますね。日記を書く。再現する。書くということと作るということは、ちょっと微妙なところで、次元的に違うんじゃないかという気がしますね。（……）ありのままを書くのが、私小説の一つのカン所になりますからね。誇張、おまけ、芝居気、作為というのは、やっぱり横道にそれるんじゃないですか。

（「作家の姿勢」）

このとき川崎長太郎は永井荷風を単純に批判しているのではなく、前提として、荷風や吉行淳之介らの虚構として構築された「小説」の方が洗練されているという認識がある。同時に、徳田秋声から川崎へ継承された私事に密着した「あらず小説」の方が、人の心を動かすのではないか、と自己の文学への自負心をちらりとのぞかせることも忘れていない。川崎によれば、彼にとって「小説」の意識とは、現実のできごとを作為をもって変換し、見事な虚構世界を構築してみせることだから「つくること」の方に近い。一方で「私小説」の意識はそれとは次元がちがい、現実をありのままに再現することに肝があるのだから、自動的に「書くこと」という行為へ近づいていく。これはどちらが良いというのではない。五十年以上の執筆生活の末に、晩年の川崎が私小説の極北を歩き続けてようやくたどり着いた、無心に「書くこと」の方法論であるのだ。

永井荷風とのからみで、つけ加えておきたい。荷風は現実に存在する玉の井遊郭を舞台に、失われた江戸への幻視を重ね合わせることにより、虚構としての小説世界を流麗に描きだすことに成功した。それに対して、川崎長太郎の抹香町というものは、最初に触れたように川崎が生きている間は存在しなかったものだ。江戸時代は刑場として使われた城郭の外堀り沿いにある湿地帯は十王町と呼ばれ、その後、寺が多くあったがために「抹香町」という呼称で呼ばれることになったのだが、川崎が生まれた当時は場所も移された上に、単に「新開地」と呼ばれていた。つまり、川崎は荷風のように「抹香町」というものを文学的なトポスとして再構築したのではない。むしろ川崎は「書くこと」が持つ「現実の再現性」に賭けて、手ぶらで対象にぶつかっていき、今では存在しない「抹香町」を「現実に生きてみせる」という絶望的な試みをなそうとしたのではないか。川崎長太郎と吉行淳之介の対談に、河出書房の編集者という立場で参加していた詩人の平出隆は、後年になって次のように振り返っている。

川崎長太郎さんが最晩年まで、「私小説」一筋を貫かなかったということはけっしてないことである。けれども「私小説」一筋を貫いたために、別の次元がひらかれているということはありうることではないか、と私には思われる。先の対談でいえば、川崎さんが「私小説を書いているとき小説を書くという気持がわりとないんですよ」と発言しているところや、「私小説は大むね私事で、あらず小説」といっているあたりに、この「別の次元」の問題が見え隠れしている。

（平出隆「思い出のいくつかから」『川崎長太郎書誌』瀬沼壽雄編）

ここで平出隆が指摘している「別の次元」とはいったい何であるのか。小説をつくることの真髄ではなく、私小説を「書くこと」や、ただ無心に「書くこと」によって開かれる「別の次元」というものがはたして存在するのか。たとえば、そのことを『私小説という哲学』において岡庭昇はこんなふうに考察する。

絵画や音楽、言い方をかえれば色や音の世界は、まさに純粋芸術である。文学においても、詩や戯曲はそれに近付くことが可能かも知れないと一応はいえる。だが、小説（散文）は本来、半分は現実社会のアクチュアルな面を、つまり「俗」を前提としている。（……）にもかかわらず、小説言語にたいして純粋芸術としての役割を覚悟したものこそ、私小説の困難な、あるいはアクロバティックな挑戦だったのではないか。

私小説と心境小説。次章でわたしが、「『死』の発見」（その逆転である職人芸としての「死の虚構」を含む）と位置づけた両者は、原理的に純粋芸術たり得ないものである小説を、にもかからず純粋芸術たらしめようとした悲劇的な試みの結果だった。（『私小説という哲学』）

川崎長太郎は「人間を突ッ放して、ありていにみる」という、徳田秋声から引きついだ自然主義文学の金看板を決して下げはしない。また、ひとつおぼえの私小説家として、みずからの身辺にはない、知らない題材を決して書こうとしない。ある意味で愚鈍なまでに、方法論としての私小説を突きつめていったのにもかかわらず、川崎文学に表出されるものには、小説言語の彼岸をいくような何かが感得されるのだ。それは岡庭昇がいうように、小説の言葉が絵画や音楽、あるいは文学における詩や戯曲といった「純粋芸術」に近づけるかもしれないという可能性であろう。わたしは川崎文学におけるそのようなものを徹底的な記録性の末に表出される、一抹のやるせない詩情と、そこに醸しだされる飄逸さにどうしても求めてしまう。

たとえば「ふっつ・とみうら」という短編は、晩年の川崎長太郎がたどり着いた「書くこと」の「別の次元」を考えるのに適した小説だと考えられる。七十歳に近づいた「私」が、三十歳年下の妻のP子と横浜からフェリーに乗り、千葉内房の富津と富浦への旅へ出かける話だ。起伏のある物語ではない。むしろ小説と随筆の間にあるような印象を持たせながら、不思議な味わいがにじみでる作品である。冒頭で主人公がフェリーの客席にごろりと横たわる姿に象徴されるように、それは、どこかのんべんだらりとした小旅行だ。中途から列車に乗りかえ、富浦までいくと、駅近くの丘に火葬場らしき建物が目に入り、ひと筋の煙がまっすぐ立っているのが見える。

「へんな匂いがするわ」

と、P子は、心持ち描いた眉を顰めていた。

「屍体を焼く匂いみたいだわ」

言われてみると、心なしかそんな異臭も、私の鼻先を掠めるようである。

「あすこにみえる、あの白い家火葬場なのかな」
と、私の指さす方向へ、P子も目を向けるふうだが、奇妙な形をした小さな建物は、眼鏡なしの近視眼にさだかに捉うべくもなかった。

（「ふっつ・とみうら」『抹香町・路傍』）

それから、「私」と妻のP子のふたりは、海辺の房州屋旅館という粗末な宿に泊まる。横で宿の料理の原価計算をしている妻を横目に夕食をとった後、私は健康のためにしている日課の散歩へ出かける。宿へもどり湯に入っても、なれない旅先の床では眼がさえてしまう。床をならべて、ふたりで富浦の駅で見たのはたしかに火葬場だったなどと話しているうちに、急に年の離れた妻が「あんた死んだら、遺ったお金貰って、私アフリカへ行くわ」とつぶやく。それを分別臭くたしなめると、妻は「なら私、アフリカで知合った外国人と結婚するわ」と乾いたことをいう。要約すると、それだけの話だが、話の短さと登場人物の胸中における片づかない感じが、寒々しい余韻を残すのだ。人生と生活と旅愁が混濁しつつ、どこか透明な静けさのある風景のなかに溶けこんでおり、晩年の川崎のひとつの到達点ともいえる独特の読後感をだしている。

漫画家のつげ義春は、川崎長太郎の名篇「ふっつ・とみうら」をめぐる旅をしており、そのときのことをエッセイ「大原・富浦」で書いた（『貧困旅行記』）。一九五〇年代の抹香町ブームに続き、七〇年代に川崎の文学が若者に読まれるようになった背景には、つげ義春や詩人の正津勉らの紹介もあったようだ。つげ義春は「六十を過ぎてから、野良犬のようにくっつき合った三十も年若の妻と『ふっつ・とみうら』へ旅行したその作品の味わいは、心に焼きついて忘れられない」という。「大原・富浦」というエッセイには、一箇所とても興味深い指摘がある。つげ義春は妻と息子をともない、ほとんど川崎が「ふっつ・とみうら」で通ったのと同じコースをたどっていき、旅の再現を試みる。そうやって、川崎の小説のなかの世界と現実の風景とを比べて歩くのだが、どうしても小説と現実が整合しない点を発見してしまう。

富浦駅に着いて、私は火葬場を見ようと駅裏の方を眺めると、一面平坦な田圃が広がるばかりで火葬場はなかった。駅員に尋ねると、この町に火葬場はないと云われ、怪訝な顔をされた。駅前の喫茶店に入り「房州屋」という宿を尋ねると、そういう名前の宿もないということだった。

事実に即して書くのが私小説とはいえ、やはり〝作品〟なのだから、宿屋の名前など変えたのかもしれない。だから「富浦」も「とみうら」なのだろう。しかし、火葬場のなかったのは、うまいことやられたなァと、ちょっと苦笑が出た。

（「大原・富浦」）

このとき、つげ義春は同じ書き手の視点から物事を見ている。川崎長太郎の文学において詩情を発生させる装置を、何となく吸収したいくらいの気持ちがつげ義春にはあったのだろう。川崎と同じ道程を旅しながら、後続の者として浮標を探し歩いている。つげ義春には「事実に即して書くのが私小説」という前提があったので、川崎の「ふっつ・とみうら」で重要な仕かけとなっていた火葬場が実際にはなく、「房州屋」という名前の宿が富浦にないことに驚く。そして、私小説とはいっても作品であるのだから、宿屋の名前を変えたのかもしれないと納得する。「火葬場のなかったのは、うまいことやられたなァと、ちょっと苦笑が出た」といっているところが重要である。

川崎長太郎の小説に話をもどすと、いくら一人称一視点の「私」で書かれた私小説とはいえ、人物名や店名などの固有名詞を変えるのはよくあることだ。だから「房州屋」の名前に関しては問題はない。では火葬場に関して、ここでつげ義春が感心しているのはなぜか。虚構をうまく「事実に即して書く」私小説に溶かしこみ、それを実際にあったことのように思わされた川崎の手腕に感心しているだけではない。「ふっつ・とみうら」の問題の箇所を読み返すと、「私の指さす方向へ、P子も目を向けるふうだが、奇妙な形をした小さな建物は、眼鏡なしの近視眼にさだかに捉うべくもなかった」とある。つまり、屍体を焼く匂いはしたが、火葬場のように思われる小さな建物は、「私」こと川崎の「眼鏡なしの近視眼」では本当に火葬場かどうか定かではなかったといっているのだ。修辞法でいう「暗示的看過法」に近い表現方法を使っている。たとえば「そこに青空は広がっていなかった」ということで、反対に読み手に「青空」への注意をうながす修辞法である。「ふっつ・とみうら」では、主人公の目には火葬場は定かに見えなかったと婉曲に書いており、「火葬場」という語が先行して書かれることで、読み手の頭に火葬場のイメージがしっかりと焼きつくのだ。

まず、P子の「へんな匂いがするわ」という言葉によって火葬場の存在が喚起され、心なしかそんな異臭もするという嗅覚によってそれは存在感を増し、よく見えない建物が火葬場ではないかと「私」に思われてくる。そうして、あるかないかも分からない火葬場という存在が、次第に年老いた私の胸中に重くのしかかってくる。それが寝床の場面において、私が死んだあと若い妻はどうするのかをめぐる、ふたりの乾いた会話に結びついて終わる。「うまいことやられたなァ」とつげ義春がつぶやくのは、富津に火葬場が実際にあると思わされたからだけではない。火葬場という不可視のものを提示するやり方と、それを作品の主題にうまく結びつける川崎の手腕に舌を巻いたのである。

早川観音の風景

東海道線で小田原からひとつ目の早川駅は小さくて、ひなびた味わいのある場所だ。川崎長太郎の表現を借れば、「玩具のように小ぢんまりした駅」である。わたしが真夏の午前中に列車を下りると、背後にすぐそこまで迫る蜜柑山から蟬の鳴き声が絶え間なく降りそそいでいた。正面のロータリーにある農協の前で、農婦たちが数人集まって談笑している。土手のように一段高くなっているプラットホームからは、背伸びをすれば小田原漁港とそのむこうに相模湾や伊豆大島が望めそうだった。だが実際には、西湘バイパスの高架があるせいで海はうまく視界に入らなかった。このことに関して、川崎も晩年のエッセイ「わが町」で苦言を呈している。さらに難をいえば、駅の背後にある蜜柑山にも、山と集落との境を切断するように新幹線の線路と防音壁が走っている。旅愁を誘う空気のある駅の周辺であるだけに、それらが風景のなかに持ちこんでいる雑音がもったいなく思えた。

ともあれ、早川駅のホームは川崎長太郎の「一夜の宿」(『幾年月』)という短編で、重要な場面として書かれた場所である。川崎には半年足らずの間、東京で同棲し、貧困により心中を誓いあった末、十七年前に捨てた女性があった。いまは他の男性と結婚して関西に住んでいるその女性から、小説を読んだという手紙がきて、久しぶりに湯本の温泉で一泊を過ごすという話である。川崎の読者であれば、これがS子(民枝)のことだと、すぐにピンとくるかもしれない。

S子については短編連作『路草』や『浮草』など、実に十六編ものモデル小説がある。ふたりで都落ちして、名古屋で女給をして川崎長太郎のことを養い、その後東京へもどって貧困のなかで同棲生活を半年間送った、彼が青春期に出会った運命の女《ファム・ファタール》である。それらの作品を読むと、S子の貞操に関する不信から、若き川崎が随分と苦しめられ、最後にはほうほうの体で逃げだした相手であったことも見えてくる。川崎が六十過ぎまで独身でいたのは、貧乏生活のせいもあるが、このS子との恋愛によって一種の女性不信におちいったという理由もあったようだ。川崎の分身である「小川」のこんな台詞も、その痛々しさを物語っている。

「お前への義理立てでずっとヤモメを通してきた訳でもないよ。だが、これだけは云えると思うね。お前と半年足らず間借りぐらしをして、つくづく貧乏所帯と云うものがいやになっていたんだ。お前も内職なんかしてたすけてくれたが、二人でろくすっぽ映画をみに行く余裕さえなかった。俺の貧乏はお前と別れてからも今日までずっと骨がらみみたいになっている訳だが、二度と地蔵横丁で経験した味気なさは真ッ平だと、ヤセ我慢はり通してきているんだ」

（「一夜の宿」）

「一夜の宿」で「小川」はS子と小田原で再会し、晩飯を食べて別れようと考えている。が、自分の住む物置小屋に泊りたいといわれ、再びS子と関わりあうことが怖ろしくなり、湯本へ連れだして温泉宿に泊まる。宿屋でならんで横になると「五年後に亭主が死ぬから、そうしたら一緒になろう」などとS子はいいだす始末。翌朝は山をおり、ふたりは早川の観音堂を散歩し、茶店でにぎり飯を広げる。小田原でカフェの女給をしていたS子はしきりとなつかしがるが、小川は早く女を返してしまおうと懸命になる。ふたりの会話の底にある思惑のすれちがいが、男女間の滑稽味をだしている。それに続く別れの場面が早川駅のプラットホームである。何かをいい残しつついいだせない女と、それをいわせまいとする男の、どこかちぐはぐな会話がもの哀しい詩情を生む。そして、ふたりの「眼の前は田圃で、穂を垂れかけた稲が微風にそよぎ、小松林のうしろへ紺青の海が拡がって、遠く大島の島影も紫色に霞んでい」たのである。

わたしはそんな詩的な風景を期待していたが、西湘バイパスの高架が立ちはだかり、早川駅のホームからは相模湾が見渡せなかった。昔の文学者の足跡を追うとき、これは仕方のないことだ。誰でもそうかもしれないが、わたしも文学作品に惚れこむと、その書き手に所縁のある土地を旅したくなる。作品のなかで触れた空気や風景を直接目で確かめ、より奥深い場所へと近づきたくなる。それから書き手の目を通して、その土地をもう一度ながめてみたくなる。既知の土地の別の様相が見え、何でもない風景に突如として人物の姿や物語がまざまざと浮かびあがることがあるからだ。

早川駅の海側にある改札を出て、根府川の方へ線路沿いを歩き、ガードをくぐって線路の反対側へ抜けていく。少しもどるようにして山ぎわの道路づたいに歩くと、蜜柑山を背後にした早川観音がすぐに見つかった。「一夜の宿」のなかで、小川とS子が休憩した茶店はもう存在しない。この小説には、当時の早川観音の様子が書かれている。観音堂の堂内にちりをかぶった千羽鶴が垂れ、欄間へ絵馬や千社札がならび、さながら遠い時代そのままのようだ、という美しい描写がある。

しかし、わたしが着いたときには境内に自動車が止まり、観音堂は石づくりのものに改築されていて、まったくといっていいほど雰囲気はなかった。すっかり感興をそがれてしまい、川崎長太郎の文学碑だけを見てさっさと帰ろうと思った。『忍び草』という作品集に入った「彼」という小説を参照すれば、川崎が日々実践していた散歩コースのひとつ（Bコース。根府川の駅から小田原西口までを歩く四時間弱の道程）にも早川が入っている。だから、川崎に所縁の地ということで、早川観音の敷地内に文学碑が建立されたのだろう。これが期待を裏切らない傑物であった。横幅のある大きな石の表側に、ただ一句「春きたる　海辺のみちで　鳥のまね」と碑文が刻まれているだけのものだ。これには、面食らった。評論家の金子昌夫は、早川観音を訪ねて、この文学碑の前に立った折のことを次のように記している。

碑文は川崎氏が記した色紙からとられた一句で、〝春きたる海辺のみちで鳥のまね〟と刻まれている。と、突然碑の裏側の小高い樹木の群れの向うから、新幹線の激しい通過音が一瞬響いて消えていった。その時私は、川崎長太郎という作家のイメージを捉えたように感じた。それはいみじみくも右の句によって表徴されている世界なのではないか、ということであった。つまり和やかな春日の海浜で、両手を広げて鳥になろうとしている人影である。それはぽつんとした孤独であり、同時に風に吹かれていく飄逸である。さらに徹底した個我の維持の持続によって、そういう自己が過程していく風土と時代への執着なのであった。これらのどれを欠いても、川崎長太郎文学の世界は成り立たない。

（金子昌夫『小説の現実』）

この碑文を前にしたときの感興を、これだけ精確にいい表した文章はない。それと同時に、川崎文学の魅力というものを直観的にとらえている。わたしを動揺させたのは、金子昌夫が旅先で

「新幹線の激しい通過音」のような、ふつうなら雑音に過ぎないものを察知し、川崎長太郎という作家の全体像を鷲づかみにするための契機としていることだ。金子が碑文にむかったとき、実際に新幹線が通ったかどうかはここでは問題とならない。碑に刻まれた句から、金子は「和やかな春日の海浜で、両手を広げて鳥になろうとしている人影」を思い描く。川崎長太郎のことを評して、徳田秋声の弟子として私小説一筋を貫いたことを強調する人がいれば、二十年間網置小屋に住み、ろうそくの炎で読書や書き物をしたことから、鴨長明のような脱俗の隠者として語る人もいる。それらの面は決して的外れではないが、わたしにはここで一挙につかまれたものが、もっとも大事なことだと思える。それは、川崎文学の芯の部分に「ぽつんとした孤独」と「風に吹かれていく飄逸さ」がない交ぜになったものがあり、それが川崎の自我というよりも、彼が「私小説」を突きつめることで身辺を記録しようとした末に立ちあがってきた、この土地のさびしい風景に根ざしたものであるからだ。

早川観音の文学碑

　東京や中央の文壇から遠すぎず、しかし近くはない距離をおいて、小田原や早川といった相模湾の外れのローカルな土地に残る記憶を呼びさましていくこと。それは荒々しい海岸からほど近い漁師町や、水産加工業者の通りや、城郭の外に位置した私娼窟という苦界や、蜜柑山のふもとにポツンとあるさびしい駅のホームの風景に根ざしたものだ。その風景の背後には、名もなき人びとの集合的な記憶があり、そこには精神的な風土が醸成される。川崎長太郎が私小説を「事実」に即して書くことで、突き当たった「別の次元」とはこのことではないか。早川観音の周辺も、今では海の展望をはばむパイパスの高架があり、新幹線がはげしい通過音とともに観音堂をゆらす味気ない風景ではある。その社会的現実に侵蝕された風景は、わたしたちに文学的な陶酔に没入することを許してはくれない。だが、川崎の文学を読む者にとって、世のなかに自分の力ではどうしようもないことが多くある一方で、現実世界から数センチだけ浮いてあるような存在の仕方があることが救いなのだ。鳥のように空高く舞いあがるのではなく、「鳥のまね」をして超低空にとどまることができるというのが、きわめて重要なことなのである。

水系の想像力

藤枝静男の天竜川・大井川

水系に根ざす記憶

ここ二十年来、わたしがくり返しおとずれている土地に奥三河の北設楽郡がある。太平洋側からいくのであれば、車で静岡県の浜松までいってから国道を北上し、田畑やあぜが広がる農村風景をながめながら天竜川に沿うように南アルプスの深部へとさかのぼっていく。設楽町、東栄町、豊根村のあたりは、信州、遠州、三河の国ざかいに接し、中世から湯神楽神事の「花祭」が行なわれてきた一帯である。折口信夫は花祭の「はな」は、「ほ」（稲の穂）や「うら」（植物の末端）に近いもので、前兆や先ぶれくらいの意味であろうといった。別称で霜月神楽ともいわれるように、年末から年明けの冬のもっとも寒い時期に神事がとりおこなわれるのは、村の五穀豊穣と待ちどおしい春のおとずれを願う、古来の人たちの心のあらわれだからである。

ひとたび、この地に足を踏みこんでみれば、天竜川にそそぐいくつもの支流が集まり、その水系に沿って多くの村や部落が点在し、神事の数も多ければその歴史もまた三百年から七百年といわれるほどふかい。信州の阿南町でおこなわれる新野の雪祭りに、長野県の飯田からローカル線に沿うようにして南下して入ったこともある。「花祭」がつとに有名だが、天龍村には坂部の冬祭りがあり、南北にのびる浜松市の寺野や川名には「ひよんどり」がある。古い里村の冬祭りをしのばせるもので、湯立てをするかまどに神々を勧請して、まわりで舞人が舞い、面をかぶった芸能がおこなわれ、大きなまさかりをもった鬼が夜を徹しておどる芸などが特徴となっている。諏訪湖を水源にして太平洋まで延々とつづく天竜川水系に隔絶した里村が点在しており、古くからの神事や民俗芸能を残しているという観点からは、信州や遠州や

三信遠の霜月神楽、坂部の冬祭り

三河といった国の区分よりも、ここを「三遠信」という地域としてひとまとめに考えるほうが妥当である。あるいは、同じ南アルプスの山々に葉脈のように巡らされた支流がたがいに入り組みあい、豊かな流水をたくわえてきた天竜川と大井川のふたつの水系をあわせて見る視点も必要かもしれない。

藤枝静男という作家は静岡県の藤枝市に生まれ育ち、中学時代を東京の成蹊学園の寮ですごし、高校は名古屋市の旧制第八高等学校、大学は千葉医大へかよった。八王子市、長岡市、千葉県安房郡の保田で眼科医をつとめて戦時中は平塚市で軍医もしたが、三十七歳のときに浜松市で眼科診療を開業して、その地で五十年近く暮らすことになった。それだけ転々とした人生でありながら、その小説の多くは彼が生まれ育った大井川の流域と長く暮らした天竜川の流域が舞台となっている。若い頃から文学青年で、足しげく志賀直哉や小林秀雄の家をたずねていた藤枝静男だが、作家としてデビューしたのは遅く、戦後に三十九歳になってからであった。高校時代からの友人だった文芸評論家の平野謙や本多秋五たちが創刊した文芸誌「近代文学」に小説を書けと進められ、「路」という短編小説を書いたのが最初だった。志賀直哉に心酔したため、その後は自作を「私倍増小説」と呼んで私小説家の道を歩んだ藤枝だが、一九五〇年に発表した初期作に「龍の昇天と河童の墜落」という地元の口述伝承に材をとった異色の作品がある。

この短編小説の冒頭で藤枝静男は、この話は遠州の秋葉山のふもとで育った桂田という友人が、自分の子どもに寝物語としてきかせていた説話だといい、友人もまたその父親から口述でつたえられたものだとしている。藤枝が作家としてのアイデンティティを確立する前の作品だが、口碑をベースにした、どこか人を喰ったような空想性には、すでに彼の文学のエッセンスを見ることができる。物語はシンプルだ。曲がりくねった気田川は、秋葉山のふもとをとおって天竜川にそそいでいる。その川に一匹の横着者の龍が住んでいた。最初は山の芋に化けて千年を寝て暮らし、次の千年は大ウナギとして海を旅してすごす。深海で泥をかぶって眠っていると、八百年目くらいで厚いうろこが生えて、二本のヒゲが伸びてくる。龍の姿となって天竜川をさかのぼり、気田川のふかい淵の底へもどってくると一匹の河童と出会う。二十年ほどの寿命しかない河童は、せっせと貢ぎものをして、次は天に昇るという龍に一緒に連れていってほしいと頼む。

「河童さん、ごらんなさい、皆が見ていますよ」

と教えられてそっと目を開いて下界を眺めると、帯のような天竜川の河原や、お椀ほどの山の間から、けし粒ほどの人間や河童が手を挙げて騒いでいるのが見える。足下には沢山のとびや鳥が右往左往ととびまわっている。いつのまにか天気は晴れわたって、龍の大きな影と、その尻ぽの所にくっついている自分のぽつりとした黒い影が、田圃や畠の上をうねうねと動いて行く。河童は有頂天になって「オーイ、オーイ」と怒鳴ったが、声は口を出ると一緒に風に吹きとばされてしまった。

（「龍の昇天と河童の墜落」『藤枝静男著作集第一巻』）

このあとで、このまま千年ほど当てもなく飛びつづけているだけかもしれないという龍の言葉に腹を立てた河童が、はるか下の海に飛びおりるという話である。藤枝静男の文学を読んでいると、ときどきふしぎとこの物語を思いだす。まず、龍があちこちへ旅をしたあげく、故郷の川へもどってきて水底で横着にじっとしている姿が、なんとなく藤枝自身の姿やその生の軌跡と重なる。それから、郷里や地元に拘泥して私小説ばかり書いているようでいて、作者の視点には、この龍のようにふっと空に飛びたち、大井川や天竜川の水系を下界として俯瞰しているようなところがある。そして龍の行動にもあるように、天に昇ろうが深海に沈もうが、そこで暮らす生には「はな」から意味などないという藤枝文学に通底する諦念の思想と、その悟りのあり方から醸しだされる風狂なユーモアが感じられる。いってみれば、その作品は土地に根ざしているのだが、そこから宙に遊離したような者の視界で物事がとらえられているのだ。

これら藤枝静男の文学に見られる特徴は、次々と家族をおそった病魔とのたたかいと、それゆえに無限の肉親愛をもちつづけて医師になるしかなかった、その人生と切っても切れない関係にあるのだろう。藤枝静男（本名は勝見次郎）は一九〇八年に生まれて、二歳のときに妹、五歳のときには姉、六歳のときには弟、七歳のときには別の姉が結核性脳膜炎で亡くなっている。二十五歳のときには自身が結核を発病し、ほかの兄、妹、弟も結核になって闘病生活を送った。その後、兄はこの病気で亡くなった。八人の兄弟姉妹のうち五人が同じ結核で命をおとして、全員が発病しているのだ。

初期の「家族歴」という短編小説には、藤枝市の宿場町で薬局を営んでいた藤枝静男の父が「十八歳の頃結核に侵され、自分は治癒したと信じていたが、実は永年の保菌者であった」とある。家族における結核菌の蔓延の要因は父にあったが、この人自身は生きのびて七十歳のときに脳溢血で亡くなっている。さらには藤枝が三十歳のときに結婚した妻が、その五年後に肺結核となって喀血し、長年にわたって闘病で苦しんだことは処女作「路」や「ヤゴの分際」、晩年の「雛祭り」や「悲しいだけ」などの作品にくわしい。題名にもなった「路」というのは、妻が半年間入院していた結核療養所が、山の中腹を蛇行して流れる天竜川のほとりにあって、最寄り駅からその国立療養所まで四十分ほど歩いていく、その行き帰りの道のりのことを指している。

「家族歴」は家族の病歴を書いた作品だが、とくに兄の闘病とその死に光があてられている。藤枝静男の兄は薬局の家に長男として生まれ、兄弟姉妹が次々に結核で亡くなるのを見て医師になるべく医大生になった人物である。藤枝が人生の模範にしたのはこの兄であり、青年期に文学や左翼運動に傾倒したときも、医者になる道を踏み外さなかったのはこの兄がこころざし半ばで病いに倒れたことが関係している。藤枝のほかの私小説と同じく「家族歴」においても、家族の病気を心配して、肉親につよく執着する「私」が故郷へもどってくることから物語が開ける。多量の喀血をした兄のために、近所の婦人たちが集まり、半里以内のすべての神社と、効験があるとされる二、三の遠い神社へいって、病気平癒を祈願する「お宮詣り」をしてくれる。だが、これは「十中八九まず死ぬと決まってから始められる組中でのしきたりで、葬式の前奏曲とでも云うべき一種の儀式」であった。そして、土着的なまじないの描写がつづく。

熱は少しもさがる気配がなかった。そして或る日、とうとう兄の胸に生魚のひらきが貼られることになった。それまで様々の人から持ち込まれた「お札」「お水」「お饌餅」等を、兄は頑固に拒否していた。それは恐らく医学生としての矜持という心持ちからであったろうが、今は従順に身をまかせるのであった。それを勧めた男が、庭先に俎板を持ち出して、二寸乃至五寸の鮒を片端から器用にひらいた。そしてそれ等を油紙の上にびっしりと並べ、父に手伝わせて兄の背胸に巻きつけ、上からネルで被った。——やがて高い体温と暑熱に蒸れた、何とも云い難い生臭い悪臭が病室内に充満し始めた。

（「家族歴」『藤枝静男著作集第一巻』）

藤枝静男の小説に見られるひとつの特徴は、その土地で生まれ育って田畑を耕し、やがてはその地に骨をうずめることになる古来からの農民のように、先祖や肉親という存在と大井川水系の土地性を結びつけて考えていることだ。彼自身は中学生の時分から、東京や名古屋や浜松のような都市で家族とはなれて暮らしたことが多かった。だが、次から次へと発病して命をおとしていく肉親と故郷への執心が、幼少年時代をすごした宿場町の風土とじかにつながっていったのだ。ひるがえせば、藤枝がその町の土着的なありさまや、その土地で病いの悪化と寛解をくり返す肉親の姿を作品にできたのは、彼が家族とはなれて暮らしていたことで、彼らを対象化し、ときおり帰郷するその土地を記憶のなかのできごとと重ねてあつかうことができたからであった。

たとえば、藤枝静男の小説にいく度となく登場する場所として、実家の近くにある藤枝小学校の裏手の「蓮華寺池」がある。周囲二キロばかりある広い沼で、そこは夏になると水面が残らず蓮の葉で埋まってしまう。そのため、彼岸をすぎて蓮の実が食べごろになると、子どもたちがたらいに乗ってそれを取るために沼に入るのだった。「土中の庭」という短編によれば、そこはたいした魚が釣れないので釣り人がいない池なのだが、藤枝の分身である「章」は少年のときに、そこで沼の主である「化け鰻」を見たことがあった。章のことをいじめた少年Sが、この沼に入って自殺したことを思いだし、なかなか見つからなかったSの水死体はこの化けウナギに食べられたのだと考える。

池に巨大な魚や爬虫類などの主が住んでいたり、底なしの沼がどこか遠くとつながっていると想像したり、ローカルな土地のうわさ話や伝説というものは、つねに人びとの想像力を刺激しつづけている。山や丘のひとつひとつに地名の由来を語る昔話があり、川や池のそれぞれに来歴を物語る説話が残っている。そのような説話的な感性の根源をたどっていくと、あんがい藤枝静男の私小説のように、もとはといえば、誰かの死んでしまった知人や肉親への個人的な記憶や思念が水源にあるのではないだろうか。

「土中の庭」でいえば、沼の主である化けウナギの存在と、一ヵ月後にあがった少年Sの死体が腐敗して骨が一部露出していたという伝聞が「章」のなかで結びつき、「少年Sの死体は鰻に食われたに相違ないという、突飛な妄想」が生成される。個人の身辺の記憶を掘りさげる私小説が、その土地の集合的な記憶である説話的な想像力にアクセスするのだ。自分が育った親しみのある土地に、死んでしまった人びとの記憶が染みついているという感覚は、作家でなくても誰でももっている。そのような意味でそれは「集合的」であり、個人の妄想よりも広がりのある死生観を形成する。藤枝静男の「家族歴」では、浅い池のほとりで、水面にひろがる蓮の葉を雨が打つ音に耳をすませ、無数の蓮の華が発する香気が立ちこめるなかで「私」は浄土を垣間見る。

眺めている私の頭に、死んだ私の父や兄は今こういう所に住んでいるのだという観念がひらめき、次に私は殆ど確信的にそういう気分に陥った。――私は池の岸について丘の麓まで歩き、それから再び田圃路に下って行った。左手に、丘の裾に沿って山懐に入る分れ路がついていて、そちらへ行けば二丁ほどで町の火葬場につき当たる。父も兄もそこで焼かれた。そして恐らくは近い将来に、私はもう一度妹の骨を拾うためこの路を辿るのであろう。（「家族歴」）

地方から都会へでていき、人生経験と文学修行を積んで、近代的な自我を確立するという多くの作家や文学者が歩んだ道程が、藤枝静男の場合はどこかで破綻している。それは勉学に対して怠惰な性向で、高校入試で二年、大学入試で二年浪人したからだけではない。また、本人が書いたように特別に性欲がつよい一族に生まれたからでもない。その根本にあるのは、自分が名古屋や東京や千葉で勉強をさせてもらっているあいだ、兄や妹などの肉親が、大井川水系にある故郷の宿場町で結核に苦しんでいるという、この作家に特有の罪責感があった。だから、藤枝静男が「章」や「私」という主語で私小説を書くとき、みずからの根源をあぶりだすために、何度も何度も文学のなかで故郷の水系にもどってこなくてはならないのだ。なぜなら、その土地での記憶というものは、肉親の存在と不可分になっているからである。戦前の青春期を描いた藤枝の小説に見られる固有の葛藤もまた、そこに源を発していると見なくてはならない。

左翼体験と故郷への執着

一九二六年、十八歳になってようやく名古屋にある旧制第八高等学校に入学した藤枝静男は、そこで日々芸術論をたたかわせ、終生の友となる平野謙、本多秋五と出会った。ふたりとも戦前は左翼運動に力をそそぎ、その後は文芸評論家になっている。藤枝の長編小説『或る年の冬　或る年の夏』は、一九三〇年に八高を卒業して名古屋と東京で浪人生活を送り、二年後に千葉医大に入学したものの、学内左翼のモップル活動に応じて支援金をだしたことが発覚して警察に検挙されたころの数年間における精神の軌跡を描いている。

作者の分身である主人公の「寺沢」は、大学の医学部に入るため地方で浪人生活を送っている。友人の中島（平野謙）と三浦（本多秋五）はそれぞれ東京の大学に入り、学生活動家としてすでに左翼組織のなかで活動していた。一九三〇年から発生した昭和恐慌と深刻な経済危機のなかで労働争議や小作争議が相次ぎ、当時は非合法だった共産党へのシンパシーから若いインテリの多くが左翼運動へ傾倒していった時代のことだ。藤枝は、この時期に彼がもっていた左翼へのイメージを『或る年の冬　或る年の夏』のなかで書いている。それによれば、当時は「党」というものが時代の良心を象徴し、女たちは百貨店の売り子や酒場の女給をしながら革命運動に奔走する夫や恋人を助け、学生たちは逮捕や拷問の危険をおかしながら労働者のあいだに潜入していた。左翼のシンパといえば、彼らに奉仕することでわずかに自分を慰めるしかない存在にすぎなかった。

——おれは、どこにも、何にも拠るところはない。プチブル・インテリでもなければルンペン・プロレタリアートでもない。ただ貧乏でふん切りの悪い、そして一日じゅう女に飢えているルンペン・インテリゲンチャの端くれにすぎない。

ただぶつぶつ文句を云っているだけの男だ。

（『或る年の冬　或る年の夏』）

このように、藤枝静男は寺沢にいわせている。彼は自分が女給の前だけで左翼ぶるカフェー左翼や、拷問におびえる意気地のない左翼シンパと同等の人間にすぎないという自己認識をもっている。友人の中島や三浦のように左翼運動に飛びこむだけの勇気がないと思いこむ反面、その元凶である左翼系新聞やプロレタリア小説に対しては攻撃をする。芸術的な価値を尊重する立場を標榜して、左翼メディアやプロレタリア文学に対して批判を加えるのだ。「もし悪戯者が居て主人公の立場を右翼テロリストと置き換えたら、この小説は一瞬の間に立派な右翼的実践小説に変ってしまい得るではないか。何故そんな浅いところでせかせかと芸術をとりあつかうのだ」と。

それによって寺沢はプロレタリア小説の特徴が、彼らの思考や主張が決まりきった記号と論理だけで完結しているところにあると見抜くだけの視野を獲得する。しかし、その時代の典型的なインテリ青年と同様に、それでもつよく運動にひかれていく。まずはじめに自意識の問題がある。対社会ということを考えれば左翼のかかげる正義が正しく見えるのだが、自分にはマルクス主義の理論を学ぶだけの根気も、運動体に飛びこむだけの勇気も体力もない。そこで左翼運動に身を投じている友人たちに引け目を感じることになる。人格形成期おける左翼への憧憬と批判の複雑な心情がここにうかがえる。満州事変以降、次第に戦争に傾いていく世相のなかで、左翼のいう社会正義は信じていても、政治的な行動を起こすことを阻害する個人的な理由が藤枝静男にはあった。

ひとつは、幼少年期をすごした実家が藤枝市の警察署のすぐ近くにあり、そこで拷問を受ける人たちの悲鳴をよくきいていたのだ。それが警察の暴力への恐怖心となって、左翼運動に飛びこむ決意を妨げていたという。もし拷問をされたならば、自分にはそれに耐えるだけの肉体的な強靭さも信念ももちあわせていないことを自覚していたのだ。もうひとつの理由は、故郷で貧しい生活のなかで暮らす父や、結核に苦しむ兄や妹など肉親への執着心が邪魔をしていた。このことは『或る年の冬　或る年の夏』に、ほかの小説には見られない藤枝静男の文学に固有の葛藤を持ちこんでいる。

「寺沢さん、寺沢さん、ちょっと起きて下さい」

という比較的落ち着いた呼び声で眠りから覚めた。次の瞬間、彼の胸に鶏小屋のような病室に枕を並べて仰臥している衰弱した兄と妹の姿が浮かび、「どっちのほうだろうか。死ぬのだろうか」という想念が喉咽元を塞ぐような鼓動を伴って頭をかすめた。「とう、とう」と彼は思った。劇しい後悔が彼を襲った。

戸がガラリとあき、薄暗い土間に入った痩せ型の男が出会いがしらに

「寺沢か」（……）

あれか——よかった、という奇妙な安堵の情が湧き、同時に、露を含んだ夜気の名残りが冷たく流れこんで顔に触れると、別の新しい胴震いが脚下からはいあがって彼の全身を硬く締めつけた。

「しかしこの方がましだ。辛抱できる」と彼は思った。

（『或る年の冬　或る年の夏』）

千葉で医大生になった寺沢は、左翼救援会の同級生に少々の金を寄付するという行為によって、心情左翼にすぎない自分自身の良心をなぐさめようとする。ところが同級生が自白をしたせいで、明け方の五時近くに彼の下宿にも警察が逮捕しにやってくる。しかし、彼は真夜中の闖入者をて

っきり、故郷で床に伏している兄か妹の病変、あるいは死を通告しにきた者だと勘ちがいしてしまう。それで警察だと判明すると「よかった」と安堵するのだ。肉親の病変を知らされるよりも、大学を停学や退学になるかもしれない左翼運動がらみでの逮捕ほうがマシだと考えるのは、この作家に特有の感覚だといえ、それがこの場面の寺沢の心の動きにも反映されている。

つねに故郷というものの影を引きずり、肉親の病や命の危うさというものにおびえ、いま自分が眼前にしている現実とのあいだで秤にかけている心理のありようが、藤枝静男の青春小説の主人公のもつ葛藤をユニークなものにしている。寺沢は肉親が結核で死ぬことに比べたら、こわくて仕方がなかった警察での拷問にも耐えられるだろうと考える。藤枝静男の実人生では千葉警察署に連行されて、自白した同級生の爪印のある自供書を突きつけられることになったという。藤枝は左翼の活動家でもないのに可能なかぎり黙秘をつづけて、取り調べのなかで刑事による拷問はエスカレートしていった。結局、彼は五十日以上拘留されることになった。この投獄と拷問がなされる場面は、藤枝の文学のなかでも特権的な位置を占めており、さまざまな小説やエッセイのなかで何度も変奏されて、くり返し登場している。

夜、広い柔道場の真中に坐らされて「モップルにいくら出した」「知らん」と云った瞬間、「こいつう、なめやがって」と半立ちになり、「眼鏡をとれ」と云われた。僕の顔はサッと冷たくなり、動物的な恐怖で思わず身をひいた。僕はいきなり襟首をとって引きずり上げられ、次の瞬間ひどく畳の上に叩きつけられた。僕は首をあげて「あヮあヮ」というようなもつれた声を出した。

「ヘン、たった十五円で共産党気取りか」と刑事が云った。

ここまで思い出した時、再び僕の脇の下から、もうとり返しのつけようのない羞恥の冷汗が流れた。僕はこらえ切れなくなって、立ち上ると、窓の外を眺めた。

(「痩我慢の説」『藤枝静男著作集第一巻』)

このように正確な自己認識というものは、文学の上ではしばしば自己嫌悪のかたちをとって表出されるものだ。警察の暴力に対する動物的な恐怖や、自身のうすっぺらな共産党気どりの態度が見抜かれたことを踏まえた上で、シンパにすぎない青年が直面した羞恥のきわみに追いやられるまでの状況がみごとに伝わってくる文章になっている。むろん警察における尋問や拷問を受ける場面というのは、プロレタリア文学に頻出する道具立てなのだが、藤枝静男の小説では、警察や国家権力に対する怒りも、階級闘争をあおるためのわざとらしい仕かけも、いかなるイデオロギー的な位置づけもでてこない。ここには大文字のものは何もない。ただ卑小な個人にすぎない等身大の青年がいるだけだ。

戦後に三十九歳になって小説を発表しはじめた藤枝静男は、青春期に経験した左翼体験というものを、小説やエッセイのなかでくり返し書きつづけた。敗戦後の時代にその年齢で書きだしたことが、結果的には藤枝の作家としての立ち位置を決定づけたといえる。その年齢のおかげで、自分の青年時の体験を突き放して考えられたし、敗戦後という時代背景のおかげで、天皇制ファシズムの体制が崩壊したあとの言論空間で物事を考えなおすことができた。中年になってから本格的な執筆活動に入った藤枝にとって、戦前の青年時代を正確無比に自己分析できていることが、この無駄のない叩きあげられた描写の明晰さにつながっているのだ。これは、高校の同級生で戦前戦中から評論を書いてきた平野謙や本多秋五とは対照的である。そのような経緯もあって、プロレタリア文学の非芸術性を嫌っていた藤枝は、実作において、文学として優位に考えていた私小説の枠組みを使い、自身の左翼体験を書いていった。

彼はやはり黙っていた。血色の悪い、艶気のない小川の顔にひりつくような憎しみが浮かんだ。寺沢の表情が変わった。小川が静かに

「さあ、両手をここへ並べろ」

と云いながら、六角形の鉛筆をポケットから抜きとった。「これが、あれだ」プロ小説で読み馴れた場面が、異様な恐怖で彼の胸に蘇った。「あっ、あっ」と叫んで這いまわりたくなるような、顔の冷たくなるような怖れで、彼の頭が一瞬ぼやけた。小川が片手で彼の手首を摑み、人差し指と中指の間の根元にその鉛筆の軸を差しこんで指先をじりじりと寄せはじめた。一刻ごとに骨に喰いこんで増してくる痛みを、彼は歯をくいしばり、顎を胸に押しつけるように曲

げ、片手を握り締めることで、辛うじてこらえた。

（『或る年の冬　或る年の夏』）

ここで藤枝静男は、自身の左翼体験のなかにある模倣性をこそ強調してみせている。いわばプロレタリア小説で読みなれた場面を、現実におきる拷問のほうがなぞっているのだ。どうして意図的に、そのようなことを読み手に意識させる必要があるというのか。ひとつはレトリックの問題がある。本物の左翼思想を持った活動家ではなくて、学生のシンパにすぎない寺沢が刑事の拷問を受けていることを読み手に思いださせ、彼の卑小さと勇気のなさを際立たせる効果がある。もうひとつには、プロレタリア小説について言及することで、プロレタリア小説と藤枝の「私倍増小説」のあいだにいわば線引きをしているのだともいえる。ほかのプロレタリア小説と比べてみると、藤枝が描く投獄体験のシーンの最大の特徴は、主人公のおぼえる憤怒の念や憎悪が官憲や権力や体制などの敵視にむかうだけでなく、敵の寸前でぐるりと引き返してきて、その多くを主人公が私小説的な自己嫌悪として再回収するところにあるからだ。

それにもかかわらず、藤枝静男が描く主人公は、実際に投獄されれば左翼の活動家でもないのにがんばって警察の暴力に耐えるのだ。ここには戦前における非合法闘争としての左翼運動のすさまじさは見られないが、ひとりの人間が身近なところで自分にできる範囲内で、静かに抵抗への意志を表明するときの芯のつよさを感得することができる。抵抗への意志は寺沢のなかで内面化されて、彼の自己倫理の一部として生成されている。友人たちの活動をよそ目にシンパであることは、唾棄すべきほど卑怯なことだと藤枝には考えられた。それは自身のなかの弱さや家族への執心に屈服した結果でしかない。半端者として羞恥心や自己嫌悪に苦しめられたが、逆にそうした自己認識を心のなかで反芻し、私小説やエッセイに書くことで独自の文学を形成していった。個人がありのままの他者に直面し、イデオロギーに持たれかからず生きていくとき、誰もがみな「生」と名立てられた合法闘争をたたかう存在であるのだ。

わたしは、藤枝静男の文学のなかの左翼シンパとしてのあり方を、実践的な運動よりも優位なところにおいてみたい。ここに見られる自己倫理は、運動体としての左翼が失速して消滅したとしても、個々のなかで持ちうることができる何かであるからだ。貧しくて病弱な肉親が故郷で自分が医者になることを待っているという執心は、大井川水系の土地性と結びつけられて、藤枝文学のなかで動かすことできない位置を占めている。戦前の左翼運動が当局から弾圧されようと、世相が日中戦争から太平洋戦争へ突入していこうと、敗戦後に新しい民主主義の時代がきて、それまでの価値観が一八〇度ひっくり返ろうと、それこそが藤枝静男の心根にとって不変の「基層」をなしていたといえる。藤枝の私小説は「私」やその身辺を掘りさげることで、表面的な政治体制の変転や社会の変化に左右されることのない心情の奥まで届くことができた。彼にとってそれは、戦前も戦後もさほど変わることのない故郷や地元の風景とつながっており、一歩踏みだせば、その土地の「基層文化」と接触するものであったのだ。

死者とひよんどり

正月の三が日に、車で天竜川をさかのぼるように奥三河の国道を進み、わたしが東栄町の古戸地区へ入ったとき、棚田やあぜには雪がつもっていた。灯りがもれる「花祭」の舞庭の前には、何台も乗用車がとまっている。なかへ入ると、天井から吊るされた五色の美しい湯ぶたの下で、大きなかまどを湯立てしていた。一段高くなった神座に設えた大太鼓のむこうに、村の人びとや見物人が飲み食いしている。これから朝まで舞がつづくのだ。みようど衆が何人かでてきて、かまどの前に菰といわれるわらで編んだむしろを地面に敷いた。頭に白い鉢巻をまいた血気盛んな青年たちが神部屋から四人登場する。衣裳は上半身にゆはぎを着て、ひざと足首のところをひもで縛った袴といういでたち。それぞれの右手には鈴を、左手には榊の枝をもっている。「でんでんでん」と太鼓が鳴り、笛がゆったりとした楽を奏ではじめると、舞人の青年はかまどを囲んで舞いはじめた。

稚児舞のあとで、いよいよ面形による舞になった。花祭の中心的な神で「さかき」と「やまみ」という名の、もっとも里人から怖れられて敬われている役鬼の登場である。榊は「栄木」の意で、椿のように葉が一年中青々としていることから、神域に属する樹と目されたという。奥の神部屋から見物人の群を押しわけて、つき添い人が役鬼のまさかりの柄をとってつれだしてくる。時計の針は午前二時をまわった。全身が凍えるような寒さだった。神座にひとつきりの石油ストーブではどうにもならない。自然に人びとは舞庭のかまどの周囲に集まり、大声ではやして一緒に踊ることになる。いつの間にか、ゆっくりとまさかりを振っているさかき鬼のほかに、あらゆる場で伴鬼が小さなまさかりを振りまわしており、舞庭が目まぐるしい騒ぎになった。このとき祭場は最高潮を迎えた。足もとが覚束なくなって倒れそうになっている伴鬼は、機を見て大人たちが前後から抱えて輪から引きずりだしてやる。そして、またどこからともなく代わりの伴鬼が現れて鬼の舞に加わる。

さかき鬼が五方位にむかって順番に舞を披露したあと、誰の目にもその鬼の疲労の色が明らかになり、まさかりを地について休みそうになったときだった。かまどの横に陣どっていた十数名の見物衆が一斉に「テーロレ、テロレ」あるいは「へーホヘ、ヘホヘ」とはやし立てた。この喚声に支えられて、さかきがその晩で一、二に入る見事な舞をみせた。「テーロレ」は「てぇふれ」のことで、手を触れという意味だという。しかし、柳田國男は「見物の衆までがこの時は口を揃えてタァフレ・タフレと囃すことになっているが、このタフレはあるいは物狂いを意味するタフルまたはタクラウという動詞の、命令形ではないか」としている（「日本の祭」『柳田國男全集13』）。「テーロレ、テロレ」は「手を振れ」よりも、柳田のいう「もっと面白く狂うて見せ候へ」という物狂いをあおる詞だとするほうが、舞庭で見ている実感に近い気がした。かつての村では神がかった人から、神の御言葉やお告げがきかれたのだろうが、現代ではそれはなかなか見られなくなったのである。

昔の人たちは、あまりに蛇行しているために頻繁に決壊をくり返す「あばれ天竜」の姿を龍神の仕業だと見立てたものらしい。あるいは、龍神をまつる諏訪の地に水源を発する長い長い川を空から鳥瞰したと想像し、その蛇行している川すじを天にのぼる龍の姿にたとえたこともあったのか。いずれにせよ、天竜川沿いの山ぶかい「三遠信」の隔絶した村里では、室町時代の頃からつづくとされる霜月神楽の祭りや民俗芸能が、いまも伝承者たちによって面々と伝えられている。信州阿南町の新野の雪祭り、東栄町や豊根村の花祭、天龍市の坂部の冬祭りや懐山のオコナイ、浜松市寺野や川名の「ひよんどり」は同系統の神事と考えられている。それではなぜ、藤枝静男は連作の作品集『欣求浄土』の最後の大団円に火踊り、つまり「ひよんどり」をもってきたのか。

大正のなかごろ、ここの秋葉神社の宮司の息子に、Kという章の同級生がいた。その時分の東京の中学に田舎から出てきたものとして、二人は親しくつき合った。Kは彼をつかまえて、故郷の自慢話をすることが多かった。気多川という美しい響きをもった川の名もそのとき憶えた。秋葉の火祭りの夜、諸国の天狗の大将が山上に集まって、三宝に盛られた生野菜と生タニシを食う。睡気をこらえてミスのこちらから耳をすませていると、彼等のタニシの殻を嚙み砕く音が、闇のなかから、まるで桑畑の桑の葉を打つ霰のように聞えてくる、と彼は云った。

（「天女御座」『欣求浄土』）

浜松市天竜区にある秋葉山の周辺は、ちょうど天竜川の支流と大井川の支流が南アルプスの山あいで葉脈のように張り巡らされ、分水嶺をはさんで互いにとなり合っているような入り組んだ地域である。この秋葉神社の宮司の息子Kというのが、先に見た「龍の昇天と河童の墜落」の伝承を藤枝に語ってくれた、成蹊中学時代の同級生の「桂田」という友人だと考えてまちがいないだろう。実は奥三河の花祭でも、鬼をはじめとするさまざまな神が勧請されるが、天狗は祭りに招かれない精霊として祭りを妨害してきたと考えられている。わたしが耳にした話では「天狗はふだん山に住んでいて、夜の舞庭から暗い山の峰などをながめると、天狗火がひとつふたつと増えていき、舞拍子に合わせてゆれ動く」という。そこで、里人はあらかじめ丘の上や山頂で、酒と肴と天狗の大好物であるトコロ芋をそなえて天狗を鎮める儀礼をする。このトコロ芋は苦くてあまり食べないものだが、神事の供え物として使われることが多い。前述の伝説で龍が千年化けていた「山の芋」とは、このトコロ芋のことではないかとわたしは推測している。

連作『欣求浄土』の最後から二番目の短編「厭離穢土」では、ついに藤枝静男の分身である「章」が病気で死んでしまう。「欣求浄土」は浄土教でいわれる極楽浄土のことであり、「厭離穢土」がその対句で、苦しみの多い娑婆の世界を厭い、離れたいと願うことを意味する。彼は入院した病院で叔母と兄のことを思いだすが、そのふたりの死もまた、大井川水系の土地の記憶とふかいところで結びついている。実家の近くの畑地のなかに共同の土葬墓地があり、叔母の家はお金をたくさん稼いだあとでも、この墓地の厄介になっていた。叔母の家の土葬の方式では「一度埋めた後だいたい半年たったとき再び掘り返して骨を拾い、馬穴の水でていねいに洗い清めてから骨壺に納めて、別のところにある自家の墓所に埋めるというやり方」をとっていた（「厭離穢土」）。この小説の語り手である「私」は少年時代に、毎日この土葬墓地のわきをとおって学校に通っていた。そして、白い旗を先頭に立てた葬列や、人びとの去ったあとに残された土饅頭と線香の煙を何度なく目撃して、子供心ながらに「野辺送り」の先には地獄しかないという想像をしたという。この土葬墓地の草むしりに、叔母はいつも駆りだされていた。少年の「私」は叔母のケチケチした性癖を嫌っていたのだが、叔母にまつわる記憶がまさに土葬墓地の「土」と接続するとき、それは叔母へのふかい憐れみと肉親愛のようなものへと変容する。

私の死んだ兄が一時危篤に陥ったとき、ほぼ確実な死を予想したうえでの儀礼的な恢復祈願の宮参りという土地の習慣によって、およそ半里以内の神社を拝んでまわったことがあった。小学生の私は、近所のお内儀さんたちに連れられて、茶畑の間や田圃の間の路を半日かかってまわり歩いた。みんな浮き浮きしたふうに噂話に興じながら歩いていた。ある社の森が行手に見える蜜柑畑沿いの小路にさしかかったとき、叔母は「ちょっと小用をたしてくるで」と云って畑の奥に入って行った。そして私がその社の拝殿の前で拝んでいると、彼女は後ろからかぶさるように手をまわして、私の懐に盗んできた二、三個の蜜柑を押しこみ「ようくお願い申すだによ。あとで食べな」とささやいた。

――叔母はあそこに行くのだ、と私は思った。すると再び彼女への憐愍の情が私を打ち、そして同時に死に対する盲目的な怖れの念が断ち難く私の胸を領した。（「厭離穢土」）

前述の「家族歴」では、近所の婦人たちが兄の回復祈願のために「お宮詣り」をしてくれたとあったが、ここでは、それに小学生の「私」と叔母が参加した様子が描かれている。畑から蜜柑をくすねてきて、それをあとで食べろという叔母のケチくささに「私」は子どもながらにあきれている。それにもかかわらず、叔母が亡くなったら土葬墓地の土饅頭の地面の下にいくことを考えると、どうしても憐憫を覚えずにはいられないのだ。「厭離穢土」では、病院の死の床で「章」が先祖の位牌をかざって、部屋の三方に「故郷に住む彼の肉親の名前を大書した半紙が何枚となく貼つけられて」いて、細君が反感を見せる場面がある。わたし自身、地方で暮らす親戚の家へ年越しにいったとき、墨字で自分の名前と親戚一同の姓名が書かれた白い旗がならべられているのを目撃して、何やらうす気味悪いような、とても恥ずかしいような思いをしたことがある。だがしかし、いまだに親戚のなかには、祖先崇拝や家系というものにつよいこだわりや執心を見せる老年者がいることに変わりはない。藤枝静男の分身である「章」の所業も、それと似たようなものだと考えればいいのか。

『欣求浄土』の連作は、「厭離穢土」の次にくる「一家団欒」で大団円をむかえる。この短編は、いわば主人公である章の死後の生を描いている。章は「厭離穢土」で亡くなったあと、土手をこえて湖をわたり、美しい茶畑にかこまれた菩提寺の一家の墓場までやってくる。「累代之墓」の墓石に手をかけて地面の下へもぐっていくと、四角いコンクリートの空間のなかに、先に亡くなった父、三人の姉兄、蒲団に寝ているおさない弟妹がいる。この小説には、墓石に刻まれた名前と没年のような具合で「妹ケイ　明治四三年没　一歳／姉ナツ　大正二年没　一三歳／弟三郎　大正三年没　一歳／姉ハル　大正四年没　一八歳／兄秋雄　昭和一三年没　三六歳／父鎮吉　昭和一七年没　七〇歳」とだけ記されている。それだけで充分に伝わるからだ。そして章と肉親たちが死後の再会をよろこび合い、会話をし、たがいに思い出話の花を咲かせる。

ところが「ここで永久に暮らせばいいんだ」とホッとしている章をよそに、ほかの家族の死者たちの霊は唐突に「これからヒヨンドリ見物に行ってくる」といいだす。ただでさえ幻想的なこの短編は、ここからかなり奇妙な展開を見せる。章と肉親たちは一団となって、夜の田んぼのなかをどんどん歩いていく。山すそにある小さな神社にむかっているとき、闇のなかを赤い松明の火が渡っていくのが見える。その瞬間、章の胸に「幼かったころのわくわくするようなときめき」がよみがえってくる。その灯火が小さなお堂に着くと、とびらの前で「腹に太い〆縄を巻いた裸の青年たちに押し戻される。揉みあいがはじまり、闇のなかで松明が揺れて弾ぜ、参拝者のどよめきの上に熱い火の粉がふりかえる」のである。

つまり、これが「ひよんどり」の祭りの描写なのだが、盆行事ではなく霜月神楽の一種であるから、章とその六人の肉親がご先祖さまとして還ってくるという、祖先崇拝の信仰を背景にしているとは考えにくい。あたかも彼らは、何らかの精霊であるかのようにむかえられている。その設定がどうであれ、死者の霊魂となった章は兄と姉のあいだにはさまれて、神社の祭りの輪のなかへ入っていく。もう死人となってしまった章たちの姿は、生者たちの目には映らない。「デンデコ、デンデコ、デンデコ、デコデコ」と単調な太鼓の音が響き、調子はずれの笛が「ピー」と吹かれ、鉦が「カーン、カーン」と鳴っている。

「デンデコ、デンデコ」

緑の手甲をはめ、白い紙の花帽子をかぶり、剝げた姥の面をつけた青年が、壊れかけた鈴と半開きの白扇を持って、四方にお辞儀をし、それからまたピョン、ピョンと跳ねはじめた。黄色い縞の着物の腹の部分を妊婦のように膨らませ、そのうえに古ぼけたメリンスの赤い前掛けをしめ、合間に腹を撫で、それからまた仰向くような仕種をくりかえしていた。肩から脇に太い藁束をまいて、柴の束を手に持った青年が、股を高くはねあげてそのまわりをまわり、あいまに滑稽な身振りで相手の腹にさわった。

（「一家団欒」）

これは「ひよんどり」のなかでおこなわれる「はらみの舞」を描写したものだ。ミコの芸は、村によっては「女郎」になったり「はらみ」になったりするが、ともに稲が生長することを、女性が懐妊して子種をもつことになぞらえる田遊び芸能にそくしたものである。「同系の祭りの演目で、そのもとが同一と考えられるものに寺野や懐山などの女郎舞が挙げられる。また花祭のみそ塗りから巫女の次第、大谷御神楽の女郎も軌を一にする芸能である。（……）巫女がはらみ女や女郎として演出されて伝承されているところに、巫女に対する民俗的感性のようなものを垣間見ることができる」と専門家は指摘している（『芸能伝承の民俗誌的研究』上野誠著）。つまり、そのような感性においては、これから春がきて田んぼに稲が育ち、やがては穂をつける豊穣への祈願が、直接的に性的なイメージや、生まれてやがては死んでしまう人の一生と結びつけられて考えられているのだ。その証拠に、懐山のオコナイでは男根型の採り物をした男が女郎を襲おうとして失敗するという演出になっている。

ここでいわれる「民俗的感性」というものは、藤枝静男の文学にも通底して見られるものであろう。たしかに藤枝の短編「龍の昇天と河童の墜落」は他人からきいた口伝を元にしたものであったし、「一家団欒」における「ひよんどり」も純粋に彼の生まれ育った宿場町に属するものだとはいいがたい。しかし、結核という当時の死病が家族を次々とおそい、肉親に対する執着心というものから医師を目指すことになった藤枝にとって、故郷を出た文学者に見られる近代的な自我の苦悩よりも、あるいは同時代のインテリ青年であれば誰でも通る道であった左翼運動へのシンパシーよりも、何よりも根源にあったのが、はなれて暮らす肉親への愛情と、故郷と地元のふたつの水系にある民俗的感性に帰属しているという意識であったのだ。

藤枝静男がその文学のなかでたどってきた天竜川の口伝や、お宮詣りや、土葬の墓場や、ひよんどりといった土着的な民俗は、彼の想像力によって肉親たちが待つ「累代之墓」に直結される。

それらは山々から葉脈のようにしみ出し、小さな支流が集まって天竜川や大井川に流れこむ水脈のように、彼の文学のなかにたっぷりとした養分を注ぎこむ。すなわち、藤枝文学のなかの民俗的感性は「三遠信」の古い祭りや芸能の地勢図とほとんど重なる天竜川水系と大井川水系にあるのだ。その水系がもたらす想像力において、冥府は深刻で暗いものではなく、あっけらかんとした明るいものとなっている。「一家団欒」の最後で、ひょんどりの見物を終えた章とその家族は満足して、「デンデコ、デンデコ」という太鼓の音を聞きながら墓場へともどっていく。わたしには彼らのその後ろ姿が、花祭をうらやましがって山奥から里のほうへ近づこうとする、天狗火の姿と重なるように思えて仕方がないのである。

あとがき

アメリカの留学先からもどって程なく入学した大学のキャンパスでは、帰国子女と海外留学経験者の多い学部に属していた。文学や芸術学を教えている教員が限られており、江藤淳という文芸評論家の研究会に所属することにした。その頃の江藤先生はプリンストン大学で教鞭をとった経歴もあり、比較文学系の研究会を開いていた。小さな教室で十数名の学生が参加する研究会の初日、いつも通り背筋をぴんとのばした先生が入ってきて教室全体を見わたし、わたしの座りかたを見るなり「君はお腹の具合でも悪いのかね?」といった。最初は何のことかわからなかったが、すぐに気がついて寝そべりぎみだった姿勢をただした。先生がときどき見せる保守論客としての矜持には反発をおぼえたが、教師としてはきびしく指導して学生を平等にあつかう人だった。

その研究会は、日本文学研究者のエドウィン・マクレランが翻訳した夏目漱石の『こころ』を一文ずつ読んでいき、その箇所において考えられる読みすじをみなで出しあうというものだった。書物を精読する技術を習ったのはこのときが最初だった。あるときわたしは発言を求められて、「この一文、英語の翻訳のほうが日本語の原文よりも明確で輪郭がはっきりしていて、彫りが深い感じがします」といったことがあった。すると江藤先生は「うーん、君はそのように思うのかね」とつぶやいた。その表情がくもっていたことを記憶している。

江藤淳の代表作である著書『決定版　夏目漱石』の第一部の第三章には、漱石が英語で創作した散文の断片が引用されている。

「The sea is lazily calm and I am dull to the core, lying in my long chair on deck. The leaden sky overhead seems as devoid of life as the dark expanse of waters around, blending their dullness together beyoond the distant horizon as if in symoathetic solidity.」

夏目漱石がイギリス留学にむかう途上の船中で、デッキチェアに横たわってインド洋をながめながら書いた文章だといわれている。江藤淳はこのいかにも漱石らしさが漂う文章をとりあげて、これが「英語で書かれているのは興味深い」という。なぜなら、二葉亭四迷にしろ漱石にしろ森鷗外にしろ、明治の文学者たちは口語体としての日本語、文語体としての日本語、それから中国の文語体である漢文、さらには英語やドイツ語やフランス語やロシア語といったヨーロッパの言語など、四つか五つの言語を同時に使いこなすことが当たり前である時代に生きていたからだ。そして、漱石はそのなかで自分がもっとも得意とする英語で、創作の散文や英詩をごく自然につくっていた。

七世紀頃までの日本語は、独自の文字をもつことはなかった。その後、漢文を翻訳していくなかで訓読みや万葉仮名が生まれた。その次に日本語の書き言葉が根本的に変容したのは、明治の近代化の時期である。欧米の概念を翻訳していくなかで、漢字とひらがなとカタカナの三つの層を使いわけながら新しい語彙を増やしていった。明治期に漢字とかなが混じった普通文が発達していき、その後の言文一致運動によって口語体になるまで、日本語の書き言葉では階級や文書の種類によってさまざまな文体が使われていた。つい百数十年前まで、国民全体で共通して使われるような「国語」は存在しなかった。知識人たちは漱石や鷗外のように状況によってさまざまな言語を使いわけ、日本語から翻訳するのではなく、漢文や英詩など外国の書き言葉でストレートに自己を表現することのほうが自然だったのだ。

小説家のリービ英雄は、前出の夏目漱石が書いた英文を引用しながら、はじめて日本にきたときに「明治時代に固められた「言語＝文化＝民族＝国籍」というアイデンティティの壁」が、非常につよい圧迫感のように感じられたという（「越境の時代」『日本語を書く部屋』）。歴史的には多民族で、方言を含めて本来は多言語的で、口語と文語において幾重にも層をもつ言語空間であった日本列島において、明治の近代化と帝国化のなかでそれらが一致する「日本語」がつくられていった。現代においてバイリンガルやトリリンガルといったことがもてはやされるのは、近代化のなかで日本列島における言語的な複数性や重層性が失われことを逆説的に示している。

夏目漱石が日本語で書いたのにもかかわらず、英訳された文章のほうが輪郭や彫りが深いように思えたというのは、どのような事態なのであろう。近代に製造されて急速に普及し、現代にいたるまでわたしたちが使用している標準的な日本語の文語には、その歴史の浅さのせいか、どこか人工的でよそよそしい感じがつきまとう。話し言葉として方言をつかう人が、東京にでてきて書き言葉のみならず、話し言葉をも標準語でしようとするときにおぼえる戸惑いとそれは似ている。近代以降の日本語の書記は揺れやすく、移ろいやすく、不安定なものであった。江藤先生が研究会でわたしの発言に動揺を見せたのは、それを指摘されたと思ったからではなかったのか。

本書において「異境の日本語文学」の標題にまとめた三本の論考では、明治期、戦前、戦後に海外渡航した文学者たちを論じた。「ローヌの河岸にたたずむ者」では、一九〇七（明治四〇）年にフランス留学した永井荷風と、戦後の一九五〇（昭和二五）年に留学した遠藤周作とを比較した。ふたりは四十数年の時をへだてて、同じフランスのリヨン市に滞在して、『ふらんす物語』と『留学』という好対照な作品を残している。異境における彼らが近代人としてのアイデンティティの危機におちいったときに、あるいはその帰国後に、異境での経験をどのような文学に結実しようとしたのか。そこには漱石や鷗外の時代の知識人のように、書き手のなかを複数の言語が流れざるを得なかった。そのなかで、荷風と周作は西洋と東洋のあいだを橋渡しするだけでなく、フランス滞在を契機にして独自の文学的価値を生みだす方向へとむかっていった。

漢学者の祖父を持ち、父親が漢文の教師でもあった中島敦は、明治末に生まれた世代としては特例的に漢文をあやつることのできた小説家である。中島の小説は、中国の古典を中心とする外国語の原典を近代の日本語のなかで創造的につくり変えるという面をもっていた。「憂鬱なミクロネシア」では、みずから南洋群島へ飛びこんでいき、パラオにおいて島民の言語や伝承や民間信仰に興味をいだいた中島が、近代の日本語文学のなかにミクロネシアの口承文学の語りを導入しようとした姿を描いている。「曖昧な日本の私がたり」では、プリンストン大学に留学していた時代のことを書いた江藤淳の『アメリカと私』を中心に論じている。言語の壁をこえてアメリカで自己の存在を認めさせることができた江藤が、帰朝後の日本社会では反対に適応者になれずに悩んだ姿をとおして、戦後の日本語文学者のアイデンティティの動揺を描出しようとした。いうまでもなく、そこにはわたし自身の留学や外国旅行での経験が、奥ふかいところでこだましている。アメリカ合衆国のような移民国家は、多民族で多言語的であることが前提にあり、そこから西部を舞台にした文学、南部のミシシッピ川の流域の文学、フランス領ルイジアナのクレオール文化を背景にするようなローカル・カラー（地方主義）の文学が生まれてきた。

「私小説のローカリティ」の標題にまとめた論考では、戦後に活躍した山川方夫、川崎長太郎、藤枝静男という三人の作家を論じた。近代文学のお家芸とされてきた私小説のなかにこそ、彼らが生まれ育ち、長く暮らした土地の風土や民俗が描きこまれているだろう。それらを検証することで、私小説をローカル文学として読み直すだけでなく、その土地に息づいている精神風土、伝説、祭儀をも含んだ集合的記憶の生みだしたものとして、彼らの文学作品をフィールドワーカーとしての民俗学的な目線で見てみたいと考えた。ある意味では民俗学というものも文学であり、個々人が創作する物語の源流には、その土地性にもとづいた名もなき人たちの伝承的な想像力が流れこんでいる。地勢や風土のような大きな枠組みで近現代の文学を批評する試みが成功しているか否かは、読者諸氏の慧眼にゆだねることにしたい。

本書に収録した論考のうち、「曖昧な日本の私がたり」は『三田文学』二〇〇五年冬季号、「西湘の蒼い海」は『三田文学』二〇一五年冬季号の掲載文を改稿した。掲載誌の編集者の諸氏、関係者の方々にこの場を借りてお礼をいいたい。その他の四編は書き下ろしである。書籍化の企画をともに練ってくださり、執筆と改稿の作業を一年近く辛抱づよく待ってくださったアーツアンドクラフツの小島雄氏に誰よりも感謝したい。本書はわたしにとって二冊目の評論集となる。本書のタイトル、章立て、小見出し、図版の入れ方を含めて、小島氏のディレクションと助言がなければ、一冊の本として構成されたものにまで高められることはなかった。

最後に、学生時代に教えを乞うた江藤淳氏に感謝したい。夏がくるたびに十七年前の氏の突然の死が思いだされる。不肖の学生のひとりが文学の評論集をまとめたことを知ったら、きびしかった江藤先生でも微笑んでくれただろうか。

二〇一六年七月　太平洋を見晴らすテラスにて

金子　遊（かねこ・ゆう）
1974年、埼玉県生まれ。慶應義塾大学環境情報学部卒。現在、同学部非常勤講師。映像作家・批評家・民族誌学。「批評の奪還　松田政男論」で映画芸術評論賞・佳作、「弧状の島々　ソクーロフとネフスキー」で三田文学新人賞（評論部門）受賞。著書に『辺境のフォークロア』（河出書房新社）、編著『フィルムメーカーズ 個人映画のつくり方』（アーツアンドクラフツ）、編著『逸脱の映像』松本俊夫著（月曜社）。共編著『クリス・マルケル―遊動と闘争のシネアスト』（森話社）、『国境を超える現代ヨーロッパ映画250　移民・辺境・マイノリティ』（河出書房新社）、共著に『吉増剛造 Constellation 星座』（矢立出版）、『アジア映画の森』（作品社）、『アイヌ民族否定論に抗する』（河出書房新社）、『吉本隆明論集』（アーツアンドクラフツ）、『アジア映画で〈世界〉を見る』（作品社）など。ドキュメンタリーマガジン「neoneo」編集委員。

異《い》境《きょう》の文《ぶん》学《がく》
――小説《しょうせつ》の舞台《ぶたい》を歩《ある》く

2016年9月15日　第1版第1刷発行

著者◆金子《かねこ》　遊《ゆう》
発行人◆小島　雄
発行所◆有限会社アーツアンドクラフツ
東京都千代田区神田神保町2-2-12
〒101-0051
TEL. 03-6272-5207　FAX. 03-6272-5208
http://www.webarts.co.jp/
印刷　シナノ書籍印刷株式会社

落丁・乱丁本はお取り替えいたします。
ISBN978-4-908028-15-1　C0095